문장 수집가들의 인생 가이드

문장 수집가들의 인생 가이드

밑줄 하나에서 시작된 삶의 태도들

초 판 1쇄 2026년 02월 24일

지은이 강명경, 강혜진, 고지원, 김하세한, 김진하, 서림승희, 쓰꾸미, 전길자
펴낸이 류종렬

펴낸곳 미다스북스
본부장 임종익
편집장 이다경, 김가영
디자인 윤영빈, 윤가희, 임인영
책임진행 안채원, 이예나, 김은진, 국소리, 송가희, 이지영

등록 2001년 3월 21일 제2001-000040호
주소 서울시 마포구 양화로 133 서교타워 711호, 808호
전화 02) 322-7802~3
팩스 02) 6007-1845
블로그 http://blog.naver.com/midasbooks
전자주소 midasbooks@hanmail.net
페이스북 https://www.facebook.com/midasbooks425
인스타그램 https://www.instagram.com/midasbooks

© 강명경, 강혜진, 고지원, 김하세한, 김진하, 서림승희, 쓰꾸미, 전길자, 미다스북스 2026,
Printed in Korea.

ISBN 979-11-7355-730-9 (03810)

값 18,500원

미다스북스는 다음세대에게 필요한 지혜와 교양을 생각합니다.

문장 수집가들의 인생 가이드

강명경
강혜진
고지원
김하세한
김진하
서림승희
쓰꾸미
전길자

미다스북스

목차

1장　질문하는 독서, 답하는 삶을 시작하라

들어가는 글

우리는 언제 문장을 붙잡게 될까. 삶이 매끄럽게 잘 흘러갈 때보다 자꾸 멈춰 설 때, 문장을 찾게 된다. 더는 같은 방식으로 살 수 없다는 생각이 들 때, 말로 설명되지 않는 감정 앞에서 주저앉고 싶을 때. 그때 문장은 다가온다. 답을 주기보다 질문을 남긴 채로.

왜 이토록 그 문장이 마음에 와닿을까. 처음부터 알 수는 없다. 다만 하루를 마치는 시간, 가라앉지 않는 마음을 달래려 같은 문장을 반복해 읽었던 기억. 결국 밑줄 그은 그 문장에서 내 모습을 보게 된다. 잊지 않기 위해 밑줄은 그은 게 아니다. 삶을 이대로 지나치지 않겠다는 신호였다.

이 책은 그렇게 시작되었다. 누군가는 밤늦은 식탁 위에서, 누군가는 출근길 차 안에서, 또 누군가는 아이를 재우고 난 뒤의 고요 속에서. 문장 앞에 멈춰 섰다. 밑줄을 긋고, 다시 읽고, 오래 머물렀다. 그것은 강조도 아니고, 중요한 표시도 아니었다. 오히려 그 문장은 이렇게 묻고 있었는지도 모른다.

"지금 너는 어떤 삶을 살고 있고, 어떤 삶을 살아갈 것인가."
우리는 글을 잘 쓰는 사람도 아니고, 글을 많이 써 본 사람들도 아니다. 다만 삶이 던지는 질문 앞에서, 문장을 통해 한 번 더 멈추어 보려했던 사람들이다. 급하게 결정하고 무심코 흘려보내기보다, 밑줄 하나로 시간을 벌고 숨을 고르려 했던 사람들이다. 그런 우리에게 문장은 정답을 주기보다, 질문을 건네는 방식으로 다가왔다.

이 책의 글은 서로 다르다. 설상 같은 책을 읽었더라도 다른 문장을 붙잡았고, 같은 문장을 만나도 서로 다른 삶을 살아간다. 어떤 작가는 완벽함에 발이 묶였고, 어떤 작가는 불안함에 미루는 습관을 선택했다. 또 다른 작가는 인간관계에서 불편함과 책임감을, 그리고 갖고 있음과 결핍에서 그들만의 문장을 붙잡았다. 이 글들은 하나의 메시지를 전하기 위해 모인 것이 아니다. 살면서 수많은 질문을 만날 수 있고, 그 질문을 안고 살아가는 방식이 얼마나 다양한지 보여주기 위함이다.

이 책은 네 개의 장으로 구성되어 있다. 출발점은 늘 질문이다.

　　문장 수집가들의 인생 가이드

제 1장에서는 스스로에게 얼마나 많은 질문을 던지며 살아왔는지를 되돌아본다. 잘 살고 있다고 믿었지만, 자신도 모르게 어긋나고 삐걱거리던 순간들. 애써 괜찮은 척하며 지나쳐 온 시간 앞에서 문장은 걸음을 멈추게 한다. 이 장의 글들은 방향을 제시하기보다 우리에게 묻는다. 삶의 가장 중요한 것이 무엇인지.

제 2장에서는 질문이 일상 속 습관으로 이어지는 과정을 담는다. 쉽게 포기했던 결심들, 완벽하게 준비된 뒤에야 시작하려 했던 태도, 미루는 자신을 합리화해 온 시간이 문장을 통해 드러났다. 변화는 의지의 문제가 아니라 자신을 이해하는 데서 출발한다는 것을 보여준다. 밑줄은 다짐이 아니라, 매 순간 선택이었다.

제 3장에서는 우리가 책을 읽으며 만난 문장들이다. 어떤 문장은 질문에 이름을 붙여주었고, 어떤 문장은 외면해 온 감정을 정면으로 마주하게 했다. 문장은 목표가 아니다. 위대한 문장도 삶을 대신하지는 않는다. 다만 각자의 삶을 비추는 거울이 되어 바라보게 할 뿐이다. 같은 문장이 서로 다른 삶 안에서 다른 의미로 다가가는 순간들, 그 작은 차이와 울림이 이 장에 담겨 있다.

제 4장은 혼자 써 내려가던 문장이 누군가에게 닿기를 바라는 마음을

담았다. 스스로를 이해하기 위해 적었던 기록이 다른 사람의 시간을 비추는 글로 건너가는 장면이다. 이해하려는 마음에서 출발한 문장은 어느새 공감이 되고, 위로가 되고, 다시 걸어갈 수 있는 여백을 남긴다. 완벽해서 의미가 있는 글이 아니다. 잘 다듬어지지 않아도, 서툴게 적힌 문장일지라도 누군가는 충분히 공감할 수 있는 문장이 될 수 있다고. 글은 혼자만의 기록에 머물지 않고 비로소 존재하는 이유가 된다. 읽는 사람의 삶 속에서 다시 질문이 되고, 선택이 되고, 작은 방향이 된다. 그리고 그 순간, 글은 비로소 제 역할을 다한다. 우리의 문장이 시작되어 누군가의 삶 속에 머물다 또 다른 이에게 전해진다면, 그것으로 충분하다.

이 책은 처방전이 아니다.

어떻게 살아야 한다고 말하지 않는다. 다만 삶이 흔들릴 때, 문장을 만남으로써 우리가 도움을 받은 것처럼 이 글을 읽는 독자들에게도 도움이 되기를. 문장은 삶을 대신 살아주지 않는다. 올바른 방향을 안내하고 공감하고 위로받는 것, 그거면 충분하다.

밑줄을 긋는다는 건 용기다. 흘려보낼 수도 있었던 문장 앞에서 멈춰서서, 그 문장이 던지는 질문을 외면하지 않겠다는 선택을 했기 때문이다. 이 책의 작가들은 질문을 피하지 않기로 했다. 완벽한 답을 갖고 있어서가 아니라, 삶이란 애초에 질문을 안고 살아내는 과정이라고 믿었기 때문이다.

허버트 스펜서는 말했다. *"교육의 가장 큰 목표는 아는 것이 아니라 행동하는 것이다."* 이 문장은 교실 안에만 머무르지 않는다. 삶을 대하는 태도에 관한 말이기도 하다. 질문을 던지고, 밑줄을 긋고, 다시 자신의 일상으로 돌아와 살아내는 것. 그렇게 문장은 행동으로 이어진다. 함께 글을 쓴 여덟 명의 작가들은 바로 그 지점에 서 있었다. 글만 쓰는 사람이 아니었다. 행동하는 사람이었다. 문장을 수집하는 것으로 멈추지 않고, 삶에서 몸으로 통과해 온 사람들이었다.

삶에서 만난 문장들은 서로를 설득하거나 경쟁하지 않아도 한 권의 책이 될 수 있다고 믿었다. 문장 앞에서 멈춰 섰던 시간들, 그 멈춤 자체가 이미 하나의 서사였다. 이 책을 읽는 당신에게도 분명 밑줄 긋고 싶은 문장이 찾아올 것이다. 그 문장이 던지는 질문이 삶의 방향을 가만히 비춰주기를 바란다. 밑줄 하나가 질문을 시작하고, 삶이 그 질문에 답하며, 그 답이 다시 또 다른 질문으로 이어지기를 바란다.

2026년 1월

김하세한

질문하는 독서,
답하는 삶을 시작하라

1.
붙잡지 않아도 괜찮아

강명경

"있는 그대로 괜찮지 않은 자신을 열심히 일함으로써 보상받으려고 한다. (중략) 상처받았다는 것을 스스로에게 인정하지 않기 위해 거짓된 모습으로 살아간다."

『자기 돌봄』, 타라 브렉, p.115

지잉 지잉~ 휴대전화 진동이 울린다. 작은 소리에도 심장이 철렁한다. 늘 긴장한 채 지내서 그런가 가만히 있어도 온몸이 뻐근했다. 어느 날 세수를 하면서 거울 속의 내 모습을 유심히 바라보았다. 눈은 퀭하고 피부는 칙칙했다. 얼굴 곳곳에는 뾰루지가 돋았고, 눈 밑의 주름은 부쩍 늘었다. 이렇게 천천히 들여다본 게 언제였는지, 내 모습이 낯설었다.

"살이 많이 빠진 것 같아. 밥은 잘 챙겨 먹고 다니는 거야?"

지금까지 지나온 내 모습이 천천히 떠오른다. 대학을 졸업하고 서른 중반이 될 때까지 공부와 일에 빠졌다. 그 시기에 자주 들었던 말이다. 괜찮지 않으면서 괜찮은 척했다. 안부를 물을 때마다 잘 지내고 있다며 괜찮다고 웃었다. 정해진 시간보다 더 많이 일한 날에는 안쓰럽기도 한 나를 위로했다. 한편으로는 하루를 불태웠다는 느낌에 알차게 보낸 것 같아 뿌듯하기도 했다. 언제부터 사람은 잘하는 능력이 있어야만 괜찮은 사람이라고 여기게 된 걸까. 왜 그런 생각을 하게 되었을까.

대학교 4학년. 친구들은 취업하겠다고 분주했지만, 이상하게도 난 조급하지 않았다. 학교에서 제공하는 현장 실습, 인턴십, 취업 지원 등 여러 프로그램에 참여해 봤다. 어린이집에 가서 아이들과 교사들을 만났고, 중학교에서 교생실습도 했다. 건강가정지원센터에서는 다문화가정 아이들과 부모를 만났고, 평생학습센터에서는 어르신을 만났다. 직접 가서 체험해 보니 나는 아직 사회에 나갈 준비가 덜 된 것 같았다. 그리고 대상을 나누기보다는 학문적으로 넓은 범위에서의 '가족'에 대해서 배우고 싶었다. 이와 관련된 일을 하는 전문가로서 사회의 일원이 되고 싶었다. 조금 더 체계적인 공부가 필요하다고 느꼈고 대학원에 진학했다.

내 20대는 보이진 않지만 앞으로 달려가기만 하면 어딘가는 도착해 있을 줄 알았다. 대학원 생활을 하던 중에 조교와 학회 일을 제안받은 적이 있다. 전혀 예상하지 못했던 일이었다. 잘 해낼 수 있을지 걱정과 부담이 있었지만 해 보지 않은 것에 대한 흥미가 더 컸다. 계산기를 두

드려 보기도 전에 덜컥 한다고 해버렸다. 내 급한 성격이었다. 처음에는 이왕 발을 들였으니 좋든 싫든, 어렵든 쉽든 가리지 말고 해보자는 마음이었다. 배우고 싶었으면서도 막상 시작하자 심장이 빠르게 뛰었다. 처음 해보는 일이니까 서투를 수 있다는 걸 알면서도 실수하면 단점이 드러날까 걱정이 됐다. 내가 들키고 싶지 않은 부족한 모습을 감추려고만 했다. 그럴수록 질문을 하기보다는 끄덕이는 반응을 하면서 꾸중을 받는 시간이 빨리 지나가기를 바랐다.

20대 중반, 무언가에 끌려가듯이 지냈다. 평일과 주말, 하루의 아침과 밤은 내 것이 아니었다. 단 하루도 쉬는 날 없이 일정이 빼곡했다. 언제까지 이렇게 해야 하는 건지 기약도 없었다. 열정만큼 체력이 안 따라줄 땐 답답했다. 밤늦게까지 하는 작업이 익숙해서였을까. 컴퓨터 앞에 앉아 키보드를 두드리다가 시계를 보면 어느새 새벽 두 시였다. 해야 할 일에 비해 속도는 느렸다. 잠도 오지 않고 배도 안 고픈 약이 있었으면 했다. 하루를 생활하기 위해 아침 겸 점심으로 한 끼 먹으면 저녁은 대충 때우거나 안 먹고 넘어간 적이 많았다. 시간이 되었다고 매 끼니를 챙기는 것은 양심에 찔렸다. 내게 식사 시간은 시간적 여유를 부리는 것처럼 느껴졌다.

의도한 건 아니었지만 반복되는 일상이었다. 다들 그렇게 한다고 당연하게 여기는 분위기 속에서 나만 불만을 느끼는 것은 적응을 못 하는 것처럼 느껴졌다. 사람들과의 관계에서 미묘한 줄다리기, 앞뒤가 다른 행동, 작은 실수가 크게 부풀려지는 상황과 내 사생활에 대한 많은 관심들. 내 의사와 상관없이 벌어지는 일들이 압박처럼 느껴졌다. 이런 상황에서 벗어나고 싶었다. 가장 원했던 건 누군가의 전화 한 통에 몸이 먼저 긴장하지 않는 날이 오는 것이었다. 나는 마음이 복잡하지 않은 상태일 때 가장 안정감을 느낀다. 아무 걱정 없이 푹 자고 일어나기, 차 한잔을 마시며 책 읽기, 좋아하는 메뉴로 천천히 밥 먹기, 소파에 누워 긴장하지 않고 편하게 숨을 쉬는 하루, 마음이 가는 대로 시간을 쓸 수 있는 자유. 누구의 기준이 아니라, 내가 선택하고 결정하는 일상을 살고 싶었다.

과거에 바랐던 행복할 것만 같은 미래는 현재가 되었다. 그렇게 바라던 편한 상태인 것 같지만, 이상하게도 만족스럽지 않다. 오히려 뭔가 비어 있는 것 같다. 스스로 한 선택을 후회하지 않으려고 애를 쓴 시간은 계속되었다. 일상도 전과 크게 달라진 게 없었다. 이렇게 지내는 게 괜찮은지 의심이 들었다. 이럴 때면 책장 앞으로 간다. 책장에 꽂혀 있는 책을 바라본다. 눈길을 끄는 제목이 있다. 그 자리에 선 채로 책을 꺼내어 펼친다. 한 문장에 시선이 머무른다. 이번엔 어떤 깨달음을 주려고 이 문장이 내게 왔을까.

"중요해 보였지만 더 이상 그렇지 않은 것들을 포기하고 자신이 가진 것들 가운데서 행복을 고르는 방법 (중략) 내려놓기 시작하자 나는 더 기쁘고 오래 남는 것들에 마음껏 집중할 수 있었다."

『만일 나에게 단 한 번의 아침이 남아 있다면』, 존 릴런드, p.191

내가 붙잡은 것 중에서 정말 원하는 것만 남기고 나머지는 내려놓아도 괜찮다는 것, 문장을 읽으니 조금은 정리가 됐다. 감춘다고 달라지는 건 없는데도 뭐가 두려워서 감추려고만 했을까. 적당히 괜찮은 척하며 지냈다. 그러나 무던했던 나는 점점 날카로워졌다. 작은 일에도 쉽게 짜증을 냈다. 괜히 가족한테 욱하면서 화를 내는 경우도 많아졌다. 사소한 말에도 마음이 크게 흔들렸다. 선생님의 칭찬 한마디에 날뛰듯 기뻤고, 갑작스러운 야단과 호통에는 어찌해야 할 바를 몰랐다. 세상은 내가 원하는 대로 쉽게 흘러가지 않았다. 마음에 쥐고 있던 것들을 내려놓으면 포기하는 것 같았다. 인생이 무너지는 것 같아서 어떻게든 붙잡고 싶었다. 처음에는 상처를 준 사람들이 미웠지만 그럴수록 더 신경이 쓰였다. 내가 당한 만큼 배로 갚아주겠다는 복수심이 생겼다. 하는 거 없이 왠지 미워 보이는 질투심도 나를 괴롭게 했다. 이런 나의 상태가 아주 불편했다. 주변을 탓하는 건 아무 소용이 없었다. 나중에야 알았지만, 실은 나를 힘들게 하는 건 상황이나 사람이 아니었다.

무언가를 얻기 위해 마땅히 감당해 내야 할 책임이 있었다. 당시엔 그걸 모르는 철부지였다. 아직 준비가 되지 않은 상태에서 하고 싶다는 마음 하나만 있었다. 무턱대고 선택한 길을 마주했을 때, 나는 그만한 무게를 몰랐고 버티는 방법도 몰랐다. 그래서 모든 게 쉽지 않았다. 몇 년 이 흐른 후에 내가 부족한 것이었음을 인정하자 미움이 사라지고 준비 되지 않았던 나를 돌아보기 시작했다. 마음과 행동은 생각하는 대로 따라간다. '솔직하게 말하면 어때. 어떤 모습이든 그게 나인데.'라고 생각 하니 속이 시원하고 가벼워졌다. 그제서야 그때는 나를 잘 몰랐고 온전 히 받아들이지 못하고 있었다는 걸 알았다. 이미 지나간 과거의 일을 바 꿀 수는 없다. 그러나 철부지 때 겪었던 고통의 경험은 내가 좀 더 단단 해질 수 있는 발판이 되어 주었다.

내가 무엇을 좋아하고, 어떤 사람으로 살고 싶은지도 다시 고민해 본 다. 잘 산다는 건 완벽한 삶을 사는 것이 아니다. 반드시 잘하는 무언가 가 있어야 하는 것도 아니었다. 재능은 도움이 될 수 있지만, 행복의 필 수 조건은 아니다. 노력의 결과가 늘 만족스럽지만은 않았지만 변화는 있었다. 예전에는 누군가가 제안하거나 시키면 무조건 해야 하는 줄 알 고 거절이 어려웠다. 지금은 내가 하고 싶거나 할 수 있을 때 자유롭게 선택하는 힘이 생겼다. 이십 대와 지금의 '해보겠습니다.'라는 말의 의미 는 변했다. 외부가 아닌 나에게 초점을 두고 선택과 결정을 할 수 있다 는 것, 이것이 그때와 지금의 달라진 점이다.

도자기를 빚을 때 손의 접촉과 힘을 가하는 정도에 따라 모습이 달라 진다. 삶도 이 모습을 닮았다. 실수하지 않는 사람은 없고, 모든 순간이 완벽할 수도 없다. 위기는 내 선택과는 전혀 상관없이 찾아온다. 하지만 위기를 어떻게 지나갈지, 다시 용기를 내보는 건 내 몫이다. 살다가 금이 가고 실수가 생기더라도 다시 시도하면 된다. 내가 할 만큼 했고, 이만하면 괜찮다고 느끼면 그걸로 충분하다.

삶의 주인이 되어 지금을 살아간다는 것. 그것은 완벽하지 않아도 괜찮았다. 현재를 사는 나를 받아들이면 됐다. 버거운 날이 계속될 때 모든 것을 붙잡지 않아도 됐다. 오히려 놓았을 때에서야 지금이 보이고 들리고 느껴지기도 하니까.

2.
실패를 마주할 용기

강혜진

"노력해서 이기는 것 못지않게, 노력했지만 실패하는 것도 중요한 일이야."

『빨강 머리 앤』, 루시 모드 몽고메리, p.488

휴일, 모처럼 늦잠 자는 딸을 깨우기 위해 딸아이의 방문을 열었는데 뭐에 걸렸는지 방문이 열리지 않았다. 힘을 주어 문을 밀었더니 방문 앞에 쌓여 있던 책더미가 스르륵 쓰러졌다.

"어이구! 아가씨 방이 이게 뭐야? 얼른 일어나서 좀 치워."

침대 위 이불을 홀렁 벗기고 딸의 엉덩이를 손으로 찰싹 소리가 나게 내리쳤다. 발 디딜 틈 없이 어질러져 있는 딸아이의 방. 딸아이의 방은 말끔할 때보다 어질러져 있을 때가 더 많다. 한번 청소했다 하면 모델하우스 저리 가라 할 만큼 반질반질 윤이 나게 정리하는 딸이다. 그런데 딸은 그렇게 완벽하게 정리할 엄두를 내기까지 시간이 오래 걸린다.

딸의 책상 서랍에는 쓰다 만 다이어리가 여러 권 있다. 아무도 보지 않고 누구도 검사하지 않는 다이어리지만 그런 다이어리를 쓸 때조차 딸은 제3의 눈을 의식한다. 글씨가 예쁘지 않으면 찢어 버리고 꾸미다가 마음에 들지 않으면 또 한 장 찢어 버린다. 예쁜 다이어리 대회에 출품할 것도 아닌데 잘 쓰고 싶고 예쁘게 남기고 싶어서 애를 쓰던 딸은 어느 순간 지쳐버린다. 스케줄 관리나 기록의 의미는 이미 사라진 지 오래. 완벽하게 기록하려다 결국 몇 페이지 채우지 못하고 다이어리는 서랍 행이다. 그렇게 쌓인 다이어리가 한두 개가 아니다. 365일을 다 완벽하게 채울 수 없으니 그냥 포기해 버리는 것이다.

딸아이의 이런 완벽주의 성향은 어느 중학교에 갈지 원서를 쓰는 중대한 일에서부터 문구점에서 펜 하나 고르는 사소한 것에 이르기까지 사안을 가리지 않는다. 신중에 신중을 기한다. 좋은 결과를 만들고 싶은 마음이 지나쳐서 100% 에너지가 꽉 차오를 때까지는 섣불리 시작하지도 선택하지도 못하는 딸을 보며 남편이 했던 말이 떠오른다.

"딱 강혜진이네!"

이 말은 나도 인정. 딸아이는 나를 쏙 빼닮았다. 완벽하고 싶은 욕심과 강박. 만약 이런 성향이 유전된다면 그 유전인자는 분명 나에게서 물려받은 것일 테다.

어릴 적 나는 그림 그리는 데 관심이 많았다. 혼자 그리고 지우고 또 그리고 지우고. 조금이라도 어색하면 누가 볼까 봐 얼른 찢어 휴지통에 넣어버렸다. 수업 시간, 선생님의 질문에 손을 들고 대답할까 말까 망설이던 것도 한두 번이 아니었다. 혹시나 내 답이 틀리면 어쩌나 걱정이 앞섰기 때문이었다. 소심한 성격, 완벽해 보이려 머뭇대다가 시도도 해 보지 못하고 아쉬워했던 적이 셀 수도 없이 많았다.

이런 성격은 어른이 되고도 쉽사리 바뀌지 않았다. 몇 년 고민하다 취미 삼아 시작한 수영, 수강생 중에 가장 빠르게 멋지게 자유형을 하고 싶었는데 마음대로 되지 않자 두 달 만에 그만뒀다. 서예를 배우려고 붓부터 먼저 준비하고 몇 달 벼르다 문화센터에 등록했는데 그것도 석 달 만에 포기한 적이 있었다. 다른 수강생들의 작품과 내 작품을 비교하며 좌절하다 지레 포기해 버린 것이었다.

확신이 없어서 결국 내 능력을 시험해 보지도 못했던 일들은 더 많았다. 준비는 놀랄 만큼 철저히 해 놓고, 정작 최고의 결과를 내지 못할까 봐 두려워 도전의 순간에 머뭇거렸다. 그림책 출간, 유튜브 채널 운영, 독서 모임 운영까지. 머릿속으로 완벽하게 구상해 놓고 결국은 시작하지도 못한 채 간직해 둔 계획이 셀 수도 없이 많았다.

'이번엔 잘할 자신이 없어.', '지금은 때가 아니야.', '조금만 더 준비해서….' 최고의 결과를 기대하는 마음은 도전을 늦출 좋은 핑곗거리였다. 빛바랜 계획이 한 해 두 해 쌓여갔다. 도와줄 이도, 함께할 사람도, 곳곳에 있었다. 실행에 옮길 기회들이 많았지만 아직은 아닌 것 같아 미뤄놓았던 그 순간들. 실패라도 해볼 걸 이제 와 아쉬운 건 그때 시작만 했었더라면, 조금이나마 성장했을 거란 걸 이제는 알기 때문이다.

실패를 두려워하는 마음은 나를 준비가 철저한 사람, 신중한 사람, 한 번 하기만 하면 보란 듯이 해내는 이미지로 만들어 주었다. 그러나 동시에 뛰어넘기 힘들 만큼 높은 벽이 쌓여갔다. 준비하는 시간이 길어지고 망설임이 더해질수록, 벽의 높이는 조금씩 높아졌다. 수많은 가능성은 벽 뒤편에서 사라져 갔다. 나는 그 벽을 감히 올려 볼 엄두조차 나지 않았다.

어렸을 적부터 좋아했던 『빨강 머리 앤』. 500페이지가 넘는 책을 여러 번 읽었는데도 어째서 그날은 이 문장이 그토록 새롭게 와닿았을까. 머뭇거리던 나를, 책 속 앤의 말 한마디가 바꾸어 놓았다.

열심히 노력해서 이기는 것 다음으로 좋은 것은 열심히 노력했지만 지는 것이라 말하는 앤을 보며 '열심히'에 초점을 맞추어야 한다는 걸 깨달았다. 열심히 한다면 결과가 어떻든 상관없다는 말은 결과가 나쁠까 두려워하던 나에게는 위로가 되고 용기를 주었다.

이기는 것이 아니면 모두 의미 없다고 여기던 나는 앤의 말에 밑줄을 긋고 필사를 하며 완벽하고 싶은 나를 내려놓을 수 있었다. 최악은, 이기지 못할까 봐 도전도 노력도 하지 않는 거라는 걸, 완벽하고 싶어서 꾸물대기만 하는 건 결국 도전도, 노력도 하지 않는 것이란 걸 마음에 새겼다. 결과에만 집착하던 과거의 나는 완벽하지 못할 거면 시도하지도 말라며 끊임없이 나를 힘들게 했다. 그런 나에게 실패해도 괜찮다고 말해 주었어야 하는 사람은 바로 나였다.

초등학교 4학년이 되던 해, 부회장 선거에 나갈까 고민하던 딸에게 열심히 해서 당선되라는 말 대신, 떨어져 보라고 말했다. 결과는 중요하지 않으니 도전해 보는 것에 의미를 두라고 했다. 그 말을 알아들었을까? 딸은 결국 후보로 출마했고 누구보다 열심히 후보자 연설을 준비하고 아침 일찍 등교해 선거운동을 했다. 보란 듯이 똑 떨어졌지만 말이다. 그런데 딸은 나보다 지혜로웠던 게 분명했다. 실패를 담담히 받아들였다. 투표 결과를 전하며 "나 엄마 말 잘 듣는 효녀지?"라고 쿨하게 웃으며 농담까지 건넸다.

나를 쏙 닮아 완벽하고 싶어 하는 딸이 앞으로 만날 무수히 많은 실패 앞에서도 가벼워졌으면 좋겠다. 인생에서 마주하게 될 숱한 시험에서 매번 성공하지는 못하겠지만, 열심히 노력해도 실패할 수 있다는 걸 당연하게 받아들였으면 좋겠다. 도전을 피하지 않고 마주하는 용기를 만끽했으면 좋겠다. 나처럼 오랫동안 머뭇거리지 말고 실패하면서도 앞으로 나아갈 수 있는 기회를 딸은 조금 이른 나이에 만났으면 좋겠다.

3.
삶이라는 진열대

고지원

"더 이상 게으른 완벽주의자라는 필체 뒤에 숨지 말자. 당신은 게으른 게 아니라 그저 그 일이 그렇게 하고 싶지 않을 뿐이다."

『더 빠르게 실패하기』, 존 크럼볼츠, 라이언 바비노, p.117

엄마, 아빠 손을 잡은 아이들이 소리친다.

"이거 살래요!", "놀이터 갈래요!", "맛없어 안 먹을래요!"

하고 싶은 것을 분명히 말하는 아이들이 부럽다. 누군가 내게 도넛을 먹고 싶은지 묻는다면 나는 고민할 것이다.

'달아서 맛있다. 먹으면 배부르다. 자주 안 먹으니 맛보고 싶다. 그런데 칼로리가 높다. 지금 배가 고픈지도 모르겠다.'

도넛 한 조각 앞에서도 수많은 생각에 주저한다. 오늘도 삶이라는 진열대 위에 놓인 수많은 도넛 앞에서 망설이고 있는 나를 본다. 하고 싶은 것, 해야만 하는 것, 그리고 하고 싶지 않은 것. 모든 결정은 스스로 해야 하지만 쉽지 않다. 해야 할 일이 하고 싶은 일이라면 금상첨화겠지만, 그런 행운은 자주 오지 않는다. 마흔 중반이 되니, 하고 싶은 것을 잘 가려내는 지혜가 절실하다. 시간은 나의 망설임을 기다려주지 않고 흘러가기에.

다이어트는 평생의 숙제였다. 누구는 모유 수유만 해도 살이 빠진다는데, 나는 아니었다. 2012년 겨울, 둘째를 출산하자마자 전문의 시험을 준비하며 3개월간 독서실에서 살다시피 했다. 그 사이 몸무게는 결혼 때보다 25kg이나 늘어났다. 이후 헬스장에서 열심히 운동하며 감량했지만, 여전히 남은 10kg과 함께 10년째 살고 있다. 무너진 자존감을 회복하고 싶었다. 장롱 속 주인을 잃은 옷들을 다시 입고 싶었다.

새해 다짐 목록의 첫 번째는 언제나 다이어트였다. 헬스장 1년 권 끊기, 간헐적 단식, 콩물 마시기, 탄수화물 끊기, 온열요법까지, 수술만 빼고 살을 빼기 위해 할 수 있는 건 다 해본 것 같다. 하지만 대부분 지속 기간은 3개월이었다. 남편은 "어차피 실패할 거잖아!"라며 약을 올렸다. 다짐은 반복됐지만 실천은 늘 어려웠다. 결과를 바라면서도 힘든 과정은 피하고 싶었다. 10kg을 감량해 얻는 성취감보다 눈앞의 음식이 주는 즐거움이 더 컸다. 꾸준한 노력이 없으니 결과도 없었다. 더 간절해야 했다.

부끄럽지만 박사 논문도 마찬가지였다. 2022년 의학박사를 수료하고 졸업 논문을 쓰지 못했다. 수료 후 6년 안에만 쓰면 된다는 생각에 안일해졌다. 학교를 다녔으면 졸업하는 것이 마땅했지만, 논문은 여전히 제자리걸음이다. 주제가 어려워서, 공부하기 싫어서, 다른 일들이 바빠서. 핑계는 수십 가지였다. 머리로는 해야 한다는 것을 알았지만 손은 움직이지 않았다. 칼은 뽑았으나, 휘두르고 싶은 마음이 없으니 아무 일도 일어나지 않았다.

2025년 초, 야심 차게 산 다이어리를 펼쳤다. 4월까지는 일정이 빼곡했지만, 그 뒤로는 빈 페이지들만 휑하게 남았다. 남들처럼 예쁘게 꾸미고 성실히 쓰고 싶었다. 비싼 다이어리를 사면 달라질 줄 알았지만 문제는 여전히 나였다. 결국 또다시 '다이어리 꾸준히 쓰기'에 실패했다.

작년 4월, 김신지 작가의 『기록하기로 했습니다』 강연에 참석했다. 일기장 사용법에 대한 이야기가 마음에 들어 곧바로 3년 일기장을 샀다. 초등학교 이후 오프라인 일기를 써본 적이 없어 설렘이 컸다. 활용법은 단순했다. 요일이 적힌 페이지마다 같은 날짜 아래에 네다섯 줄의 일기를 쓰는 방식이었다. 내년 그리고 내후년에 같은 날짜에 어떤 이야기를 쓰게 될지 기대가 됐다. 처음 일주일은 매일 썼다. 하지만 2주쯤 지나자 밀려 쓰는 날이 잦아졌다. 쓰고 싶은 마음으로 써야 했는데, 기록에 끌려다니는 느낌이었다. 스스로가 한심하게 느껴졌다.

결과는 없었지만 그럴싸한 핑계들은 나를 안심시켰다.

'세상에 맛있는 게 너무 많아. 맛있게 먹으면 0칼로리라잖아. 한번 사는 인생 즐겁게 살면 되지. 이제 와서 박사 학위가 무슨 소용이야. 다이어리는 안 써도 휴대폰 캘린더 보면 되잖아. 기왕 할 거면 예쁘게 꾸며야지. 너 같은 완벽주의자는 원래 이런 거 못 해.'

끝없이 이유를 나열하며 갑옷처럼 두르고 있었다. 게으르고 완벽주의자적인 내 성격만 탓했다.

그때 책 속 문장이 나를 향해 말했다.

"사실 넌 하고 싶지 않았던 거잖아!"

뒤통수를 세게 맞은 기분이었다. 인정하고 싶지 않았던 나를 들킨 느낌이었다. 온갖 미디어와 SNS가 넘치는 시대에 타인의 영향을 받지 않고 산다는 건 어렵다. 다이어리 광고를 보면 나도 그들처럼 변할 수 있을 것 같았다. 16시간 단식을 하면 살이 빠지고, 미라클 모닝을 하면 하루를 36시간처럼 쓸 수 있을 거라 생각했다. 하지만 다이어리 쓰기와 수많은 계획이 실패한 이유는, 내가 나를 잘 몰랐기 때문이다. 선택의 책임은 내게 있었지만, 진심으로 해낼 준비는 되어 있지 않았다. 결과가 없어도 그저 살아가면서 겪는 자연스러운 시행착오라고 가볍게 생각했다.

실패 자체를 두려워할 필요는 없지만, 같은 실패를 반복하기에는 남은 시간이 아깝다. 이제는 하고 싶지 않은 것을 냉정하게 걸러내고 싶다. 해야 할 일과 하고 싶은 일 사이에서 균형을 찾으며 살고 싶다. 촘촘한 망으로 돌을 거르듯, 나에게 남길 것과 흘려보낼 것을 분명히 구분하고 싶다. 판단이 서지 않을 때는 오래 망설이기보다 직접 해본다. 2025년 10월, 독립서점의 시집 필사 모임에 참여했다. 하루 세 편의 시를 읽고, 마음에 드는 구절을 필사해 공유하는 방식이었다. 처음 며칠은 천천히 음미하며 정성껏 썼지만, 시간이 지나자 밀린 분량을 급히 채우는 나를 발견했다. 즐거움보다는 의무가 되어가고 있었다. 3주간의 과정이 끝났을 때 다음 모임은 신청하지 않았다. 그래도 해봤기에 나를 더 잘 알게 되었다.

아침에 눈을 뜨면 해야 할 일들이 머릿속을 채운다. 어떤 날은 기대가 되고, 어떤 날은 한숨이 나온다. 혼자 사는 세상이 아니기에 삶은 늘 원하는 방향으로만 흘러가지 않는다. 그럼에도 나를 움직이게 하는 것은 즐거움이다. 미각에서 얻는 단순한 행복부터, 생각으로 얻는 쾌감까지. 다행히 마음은 훈련할 수 있다. 참 다행이다.

매일 스스로에게 묻는다. 지금 이 선택을 정말로 원하고 있는지. 나를 기쁘게 하는 목록을 하나씩 늘려가다 보면, 실패의 시간이 있더라도 결과는 언젠가 돌아올 거라 믿는다. 2026년에도 다이어리를 쓸 계획이다. 요즘은 나를 살피고 기록하는 일이 점점 재미있어지고 있다. 이번엔 오래 이어질 것 같은 좋은 예감이 든다.

하고 싶지 않다는 이유로 시간을 흘려보냈던 과거의 나에게 작별을 고한다. 이제는 내 마음에 안부를 묻고, 그 대답에 따라 움직이려 한다. MBTI로 나를 가두고 싶지 않다. 내가 골라낸 고운 흙으로, 멋진 인생 작품을 빚어가고 싶다. 그렇게 즐겁게, 후회 없이 살고 싶다.

4.
자극과 반응 사이에, 내가 있었다

김하세한

"그 결정이란 당신으로부터 자아와 내적인 자유를 빼앗아 가겠다고 위협하는 저 부당한 권력에 복종할 것인가 아니면 말 건인가를 판가름하는 것이었다."

『빅터 프랭클의 죽음의 수용소에서』, 빅터 프랭클, p.108

드르륵— 휴대폰 진동이 울렸다. 잠들기 전, 30분 후 자동 꺼짐으로 음악까지 설정해 두었다. 잠잘 준비를 마치니 밤 11시가 훌쩍 넘어 있었다. 이 시간에 누가 문자를. 더듬거려 휴대폰을 잡았다. 화면을 켰다. '영주'다.

낯익은 친구 이름에 반가웠다. 영주와 나, 참 묘한 관계다. 있으면 있는 대로, 없으면 없는 대로, 일부러 시간을 내어 만나진 않지만, 그냥그냥 이어져 있는 사이. 딱히 정의하긴 쉽지 않다. 영주는 나에게 친한 친구라고 말했다. 나는 그냥 별다른 반응하지 않았다. 그렇다고 그 마음을 가볍게 여긴 적은 없었다. 유난히 가깝지도 그렇다고 멀지도 않은. 편안함과 불편함이 절반씩 섞인 사이다.

'영주가 왜 이 시간에?'

늦은 시간에 전화나 문자는 불안하다. 괜히 긴장된다. 무슨 일이 생긴 건 아닐까. 가슴 한쪽이 이유 없이 쿵쾅거린다. 설명하기 어려운 여러 감정이 한꺼번에 밀려왔다. 영주에게서 오는 연락은 언제나 그랬다. 평소 자주 연락을 주고받는 사이가 아니었다. 무슨 일이 있을 때만 연락을 하기 때문에 오늘은 또 무슨 일인지. 아니나 다를까. 이번에도 그랬다.

"보고도 못 본 척 지나치더라. 설마 보지 못했다고 하지는 않겠지. 그 때 일 때문이라는 건 알겠지만…. 참 서운하다. 이제 얼굴 보지 말자. 앞으로는 서로 모른 척하자고."

문자를 확인하는 사이, 또 하나의 메시지가 도착했다. 알림이 뜰 틈도 없이, 이미 읽힌 상태가 되어버렸다. "김하세한! 너 원하는 대로 나 안 보고 살게 되니 좋겠다."

순간, 머릿속이 하얗게 비어버렸다. 그때 그 일은 대체 무엇을 말하는 걸까. 인사가 없었다는 건 또 무슨 말이야. 분명 문자 속 대상은 나를 향하고 있는데. 의미는 좀처럼 잡히지 않았다. '혹시 잘못 보낸 건 아니야.'

그 문자 하나에 화들짝 오던 잠도 달아났다. 한동안 멍하게 휴대폰만 들여다봤다.

"어, 혹시!"

문자는 잘못 온 것이 아니었다. 마지막에 또렷하게 적힌 내 이름을. 그제야 가슴이 쿵 하고 내려앉았다. 억울함보다 당혹감이 더 컸다. '도대체 무슨 일이지?' 뭐라고 말해야 하나 떨렸다. 반사적으로, 나도 모르게 답장을 쓰고 있었다. 씩씩거리기에는 너무 갑작스럽다. 문장으로 표현되지도 않는 감정들. 손이 액정 속 자판을 따라다니면서 움직였다.

"뭔 일인지는 모르지만 네가 나를 그 정도로 생각했다면 나도 실망이다. 그래, 네가 말한 대로 하자. 이제 얼굴 볼 일 없는 걸로 알게."

짧은 문장이었지만 수많은 감정이 섞여 있었다. 억울했다. 서운했다. 화도 났다. 그리고 급기야 너랑은 정말 끝이다. 더는 영주에게 감정을 소비할 여력이 없다. 문자를 보내려는 순간, 손가락이 멈췄다. 방금 적은 문장을 다시 읽었다. 전송 버튼 바로 앞에서 마음이 멈춘 건지, 손가락이 멈춘 건지 구분되지 않았다. 늦은 시간이라는 이유도 있었지만, 결정적인 이유는 따로 있었다. 감정을 터뜨리기 직전, 마음 안에 공간이 생겨났다. 그리고 보내지 않겠다고 선택했다. 끝내 메시지는 보내지지 않았다.

억울함은 좀처럼 가라앉지 않았다. 그러면서도 '문자를 보내지 않은 것이 다행이다.'라는 생각이 들었다. 관계를 끊는 일은 쉽다. 언제 어느 때도 가능하다. 하지만 다시 맺어지는 것은 수십, 아니 수백 배의 수고가 필요할지 모른다. 그 뒤에 남는 공허함을 채우지 못한다는 사실을 잘 알고 있었다. 그래서 스스로에게 물었다. 어떻게 할 것인지. 지금의 나에게 필요한 태도는 무엇인지. 삶을 질문하는 것이 무엇일까. 그건 아마 '살아 있음'의 또 다른 이름일 것이다. 생각을 가지고 있다는 것, 그 자체가 이미 귀한 일이다. 사람들은 종종 말한다.

"나는 화를 내도 뒤끝 없어."

나는 그 말을 좋아하지 않는다. 화로 해결될 일이라면, 애초에 화를 내지 않아도 풀릴 수 있었을 것이다. 문제는 그 말을 하는 사람은 순간의 분출로 가벼워질지 모르지만, 그 말을 받은 사람은 그 뒤끝의 무게를 고스란히 떠안아야 한다는 데 있다. 그때그때 솔직하게 표현하고 금세 털어버린다는 태도는, 결국 자기 감정만 정리하는 일에 가깝다. 그 안에는 상대를 향한 배려가 빠져 있다. 누군가는 그런 태도를 단순하다고 하고, 누군가는 화끈하다고 말한다. 하지만 그 이면에는 오만함과 무례함이 섞여 있을 때가 많다. 순간의 감정을 상대에게 던져버리고, 그 후의 감당은 맡겨버리는 방식. 감정을 받아내는 사람을 무너지게 만드는 이 태도야말로, 관계를 가장 빠르고 잔인하게 소모시키는 방식이라고 믿는다.

나는 사람 얼굴을 잘 알아보지 못한다. 안면인식장애가 있는 것도 아닌데, 왜 그렇게 기억이 흐릿한지 나 자신도 이해하지 못한다. 상관도 없는 자동차 번호판은 사진을 찍듯 또렷하게 뇌리에 남는다. 그런데 얼굴은 다르다. 인사를 못한 채 지나쳐 실수가 되었던 일이 부지기수다. 한두 번 스쳐간 얼굴은 금세 희미해지고, 익숙한 사람도 장소나 상황이 달라지면 바로 알아보지 못한다.

그날도 아마 그랬던 모양이다. '먼저 본 사람이 아는 척하면 되지.' 그 생각이 자리 잡는 순간, 영주를 향한 원망이 생겨났다. 사람을 잘 기억하지 못한다는 사실을 영주는 알고 있을 텐데, 왜 그것을 '무시'로 받아들였을까. 곧 또 다른 의문이 뒤따랐다. 몇 날 며칠 마음속에 쌓아두었다가, 왜 하필 이 늦은 밤에, 문자로 쏟아냈을까. 이 선택이 영주에게는 최선이었을까. 어떤 반응을 기대했을까. 만약 내가 영주였다면, 어떤 말로 마음을 전했을까.

빅터 프랭클의 『죽음의 수용소에서』를 읽었다. 수용소라는 극한의 상황 속에서도 그는 인간에게는 언제나 선택의 여지가 남아 있다고 말한다. 매일 같이, 매시간, 삶은 결정을 요구했고 그 결정은 타인이 아니라 스스로 내려야 했다는 사실을 그는 담담하게 보여준다. 그 이야기를 따라가다 보니 나 역시 감정이 폭발하기 직전의 아주 짧은 순간들을 떠올리게 되었다. 자극이 먼저 오고, 반응이 뒤따르기 전, 거의 느껴지지 않을 만큼 짧은 틈. 그러나 그 틈 안에는 분명한 자유가 존재한다. 화를 낼 것인지, 잠시 멈출 것인지, 혹은 이해하려 애써볼 것인지 선택할 수 있는 자유다. 반사적으로 반응하는 대신, 한 박자 늦추어 나 자신을 들여다본다. 그 찰나의 공간에서 비로소 나는 내가 어떤 사람으로 남고 싶은지를 묻게 된다. 삶은 끊임없는 자극의 연속이지만, 그에 대한 반응은 언제나 선택의 문제라는 사실을 다시 확인한다. 자극과 반응 사이의 아주 짧은 공간.

프랭클은 생존조차 보장되지 않았던 아우슈비츠 수용소에서 '선택의 자유'를 이야기했다. 그렇다면 나는 어떠한가. 일상에서 느끼는 감정쯤은 얼마든지 '선택의 태도'로 바꿀 수 있지 않을까. 그 알아차림이 나를 그 공간에서 멈추게 했다. 자극과 반응 사이의 공간을 인식하면서 나는 조금씩 변해가고 있었다. 격한 감정이 올라올 때, 그 공간에서 숨을 고른다. 숨 사이에서 마음을 바라본다. 다행이다. 선택할 수 있는 시간과 권리가 내 안에 존재하고 있음을 알게 되었으니. 어떤 사람이 될 것인가는 언제나 나의 선택이었다. 상황이 나를 정의하지 않는다. 내가 그것을 어떻게 받아들이고 어떤 의미를 부여하느냐가 나를 다시 세운다. 그렇게 나는 매일의 작은 선택 속에서 도덕적 가치를 찾아가고 있다. 고통이 나를 무너뜨리지 않게, 시련이 헛되지 않게.

내가 겪은 모든 역경은 결국 나를 더 깊은 사람으로 만들어가고 있다.

이제 나는 안다. 삶의 본질은 정답을 찾는 데 있는 것이 아니라, 그때그때의 선택을 통해 스스로 완성해 나가는 과정이라는 것을. 자극과 반응 사이, 그 짧은 공간 속에서 나는 오늘도 나를 선택한다.

"김하세한, 오늘 뭐 하니?" 영주에게서 문자가 왔다. 나는 또 선택을 한다.

5.
나비 포옹과 행복의 공통점

김진하

"우리는 미래에 대한 걱정 때문에 오늘을 불안 속에 삽니다. 지금 일어나
는 일에 관심을 기울이고, 결과가 어떻든 다 괜찮다고 자기암시를 하며 최선
을 다할 때 그 하루하루가 쌓여 행복한 미래가 옵니다."

『법륜 스님의 행복』, 법륜, p.98

심리적 외상 긴급지원단에서 트라우마 예방 강사로 활동하고 있습니
다. 학교로 찾아가 트라우마가 무엇인지, 트라우마 상황에 어떻게 대처
하는지 알려줍니다.

"두 손으로 가슴 위에 나비처럼 사선을 만들고 양쪽 손을 번갈아 가며
10번씩 토닥토닥해볼게요."

나비 포옹, 호흡법, 톡톡 두드리기를 앞에서 보여주고 같이 실습합니
다. 불시에 재난 같은 사고를 겪으면 불안하고 예민해지기 마련. 마음을

안정시키는 심호흡과 몸을 톡톡 두드리는 간단한 동작으로 지금에 머물 수 있습니다. 미리 대처 방법을 알아두면 도움이 됩니다. 하지만 살면서 닥치는 모든 상황을 준비할 방법은 없습니다. 행복하게 잘 살기 위해 지금도 애쓰는 우리. 미래를 위한 시간 투자와 현재를 잘 사는 것 사이에 균형이 필요합니다.

오전 7시 30분, 차에서 라디오를 틀었습니다. 마침 출퇴근 운전 시간과 정서와의 관계를 연구했다는 뉴스가 나옵니다. 솔깃했습니다. 지금도 꽉 막힌 길을 뚫고 회사 가는 중입니다. 교육지원청까지는 왕복 2시간 거리입니다. 연구 결과에 씁쓸해집니다. 출퇴근 시간이 길어질수록 운전자는 더 많은 우울과 정서적 불안을 경험한다는 것. 생각이 많아집니다.

원래도 약간의 완벽주의가 있어 매사 불안이 높습니다. 거기에 장거리 운전의 영향까지 더해지다니.

몰랐을 땐 차 안에서 자아 성찰의 시간이 길다며 좋게도 생각했는데요. 평소 가만히 호흡에 집중하다 보면 숨소리가 불규칙적이고, 짧게 끊어지곤 합니다. 나도 모르게 신경 쓰는 명치와 아랫배는 늘 긴장 상태고요. 알아차리면 재빨리 심호흡하고 자세를 고쳐 앉곤 합니다. 하지만 그때뿐. 편안함이 오래가지는 않습니다.

때론 이런 성격이 도움이 되기도 했습니다. 학생 때 준비물 전날 챙기기처럼. 과제와 시험도 한참 전부터 준비해 좋은 점수를 받았고요. 첫 직장부터 미래를 위해 월급 대부분을 저축하며 결혼 준비도 빨랐습니다. 친구를 만나 노는 건 조금 여유 있을 때로 미뤄뒀죠.

신혼에 회사 다니며 신랑 아침 챙길 때까지는 여유가 있었습니다. 둘이 셋이 되면서 조금씩 바빠졌고요. 아이가 생기니 예방접종에 분유 타기, 목욕시키기…. 챙길 게 늘어납니다. 둘째 육아휴직이 끝날 때쯤 재취업을 위해 공부를 시작했습니다. 퇴근하고 오면 집안일로 2차전이 시작되는 일상. 더하기가 곱하기가 되듯 20년을 빠듯하게 살았죠.

늘어난 일정표가 더는 쪼개지지 않을 때쯤 번 아웃이 왔습니다. 할 일은 태산인데 판단이 안 됩니다. 몸은 늘어지고, 의욕도 체력도 바닥난 상태였어요. 고민했습니다. 도와줄 사람도 없는 이 상황을 어떻게 극복할지. 자존감을 높이면 괜찮아지려나. 매일 같이 오가는 직장과 집, 한정적인 사람을 만나는 환경을 바꾸면 나아질까. 궁리 끝에 찾은 해결책이 대학원 입학이었습니다. 50세가 되기 전 박사를 가겠다는 예전 포부가 있긴 했습니다. 하지만 지금은 학위 욕심보다 환경 변화에 대한 기대가 컸습니다.

'혹시 알아? 내 인생을 짠하고 바꿔줄 멘토를 대학원에서 만나게 될지.'

기대와 설렘 속 입학한 학교. 원영, 장미, 진숙 선생님과 동기가 됐습니다. 박사과정은 신입, 선배가 모두 같은 강의를 듣는 구조였습니다. 입이 딱 벌어질 정도로 똑똑한 선배, 상담 경험이 많은 동기를 만났습니다. 수업이 아니라도 배울 점이 많았죠. 가끔 내가 대학원에서 만나고 싶었던 멘토는 누구였을까 생각했습니다.

과제와 발표가 익숙할 즈음 3학기 차가 됐습니다. 과 대표는 보통 3학기 차에서 맡습니다. 과대가 될까 불안이 올라옵니다. 대표가 되면 학과 행사 운영과 회비 관리, 교수님과 소통까지 할 일이 많습니다. 지금도 회사에, 애들에 할 일이 태산인데 말이죠.

과대를 뽑는 회의에서 연장자인 진숙 선생님이 못 하겠다고 합니다. 다른 동기 둘은 휴학하거나 복학한 상태. 난감했습니다. 이러지도 저러지도 못하던 그때 장미 선생님이 손을 들었습니다.

"제가 할게요. 그래도 저 혼자서는 못 해요. 옆에서 많이 도와주셔야 해요."

뜻밖의 상황에 놀랐습니다. 이제 막 복학해서 못 한다고 해도 될 텐데요. 하지만 다음 순간, 감사한 마음이 컸습니다. 발 벗고 나서 돕겠다고 다짐했어요.

처음 만났을 때부터 장미 선생님은 매번 먼저 연락합니다. 만나자 차 마시자며 살갑게 챙겨 주고요. 맛난 음식이 생겼다고 집까지 갖다주러 오기도 합니다. 나중에 알고 보니 장미 선생님은 기관 세 곳의 상담 일을 하고 있었습니다. 각종 모임에 운동, 자기 관리까지 빈틈이 없고요. 나 못지않게 바쁜 사람이었어요. 그런데 늘 보면 여유로움이 느껴집니다. 어떻게 그럴 수 있을까 궁금했습니다.

가을 단풍이 예쁘게 물든 토요일 아침. 장미 선생님과 신정호 관광지에서 만났습니다. 집에서 나오기까지 걸리는 게 많았습니다. 빨래, 청소, 밀린 과제까지. 하지만 공원에 오니 햇살과 상쾌한 공기가 주는 자유로움이 환상적이었습니다.

"장미 쌤! 나 토요일에 이렇게 친구 만나러 나온 거 10년도 더 된 것 같아요. 고마워요."

좋은 사람과 함께 있으니 시간이 후딱 지나갑니다. 나도 여유를 즐길 수 있는 사람이구나 싶습니다. 낮에 찻집에 앉아 있는 사람들을 보면 어찌나 부러운지. 장미 선생님을 보면 삶의 우선순위에 분명 '지금의 행복'이 있습니다. 열심히 사는 건 똑같지만, 다른 점이었어요. 해야만 하는 것을 최우선에 놓고 살았습니다. 그러느라 놓친 것도 많고요. 누가 그러라고 한 것도 아니었는데. 미래를 위해 현재를 희생하는 바보 같은 사람이 나였던 것만 같습니다.

잠깐 하던 일을 멈추고 나를 살핍니다. 호흡은 편안한지 무리하는 일은 없는지, 지금에 잘 집중하고 있는지도 봅니다. 올 초 건강검진에서 유방암 이상소견을 받았던 때가 떠오릅니다. 건강한 밥과 운동, 친구 만나기, 유럽 여행. 시간 나면 하려고 미뤘던 것들이 후회막급이었는데. 그새 까맣게 잊고 또 '열심히'를 외치고 있었습니다.

행복을 위해 지금 편안한 쪽으로 가봐야겠습니다.

나에게 더 여유를 주자고 다짐해 봅니다. 최선을 다하고 결과에 불안해하지 않도록.

깊이 숨을 들이마시고 천천히 내뱉습니다. 나비 포옹으로 나를 감싸 안습니다.

토닥토닥 어깨도 두드려 봅니다.

"잘 살아왔고, 잘 살고 있고, 잘 살 김진하! 지금 행복하자!"

6.
무소유도 한 걸음씩

서림승희

"무엇인가를 갖는다는 것은 다른 한편 무엇인가에 얽매인다는 것이다. 필요에 따라 가졌던 것이 도리어 우리를 부자유하게 얽어맨다고 할 때 주객이 전도되어 우리는 가짐을 당하게 된다는 말이다."

『무소유』, 법정, p.31

우리 집 아파트 평수에 만족한다. 바람을 더하자면 여백 있고 아늑한 집이면 좋겠다. 불필요한 살림은 없는데 꽉 차 답답하다. 정리 노하우와 수납공간 부족이 문제인 것 같다. 가구 위치를 바꾸고 수납장을 구입해 용도별 정리했는데 차이가 없다. 오히려 늘어난 수납장으로 여유 공간이 줄어 난감했다.

2010년 3월. 뉴스를 통해 법정 스님 타계 소식을 들었다. 장례 절차 간소화, 자신 이름으로 책 출판 금지. 스님을 기억하려는 사람들로 책

주문이 증가했다. 온·오프라인 상관없이 매진되어 재입고를 기다려야 했다. 눈을 크게 뜨고 책장에서 법정 스님 책을 찾았다. 몇 권 보였다. 눈길이 멈춤과 동시에 손을 뻗어 꺼낸 책. 『무소유』.

1㎝ 두께의 내 핸드폰처럼 얇고 엽서 크기만 한 책. 책값 1,500원. 내게 주는 생일 선물로 구입했었다. 얼룩진 표지. 닳아 찢어진 귀퉁이. 30년 넘게 함께 한 책. 내 삶을 쓰다듬듯 해어진 책을 쓰다듬었다. 누렇게 변한 책장을 넘기다 밑줄 친 글귀가 눈에 들어왔다. 웃어야 할지, 울어야 할지. 그때나 지금이나 같은 글귀에 마음이 간다.

집안을 천천히 둘러봤다. 무소유 삶과는 거리가 멀어도 너무 멀다. 거실로 돌아와 책장을 보니 아수라장이 따로 없다. 책과 연수 자료가 뒤죽박죽 쌓여 있다. 두 줄로 겹쳐 꽂혀 있는 책은 제목을 알 수 없다. 분명 살 때는 없었는데 같은 책이 다른 위치에 꽂혀 있다. 포장지 뜯지 않은 물건, 소품 인형, 좋은 글귀 넣은 액자. 의미 있는 것이라 잘 둔 것인데….

노끈과 쓰레기봉투를 챙긴 후 양손에 목장갑을 꼈다. 호기롭게 책장 앞으로 갔다. 검지손가락으로 책을 톡톡톡. 까딱까딱. 선뜻 꺼내지지 않았다. 보관할 이유가 술술 나왔다. '전공 관련 서적은 공부할 때 필요해. 이 책은 힘들 때 위로되는 책이야. 선물 준 사람한테 미안하잖아. 내 취향은 아니지만 시간 날 때 읽을 거야!' 씩씩했던 마음만 쓰레기봉투에 버렸는지. 고작 5권 내놓고 책 정리 끝.

옷장을 열었다. 살 빼고 입을 원피스. 딱 한 번 입은 블라우스. 기장 손질 안 된 새 바지. 옷장에선 누렇게 변한 흰 티셔츠 두 장과, 허벅지 찢어짐이 심한 청바지 한 장. 다 입을 거라 버릴 게 없다.

첫 번째 무소유 도전은 시도로 끝났다. 아끼는 건지 집착인 건지 알쏭달쏭했다.

엄마는 새벽마다 언니에게 전화했었다. 매번 똑같은 이야기. 자식들 걱정이 늘었다고 무심히 생각했었다. 시간이 흘러 치매 증상이란 걸 알고 화들짝 놀랐다. 혼자 지내시는 게 걱정되어 우리 집에서 살기로 했다. 4년을 함께 사는 동안 치매 증상은 심해졌고 결국 요양시설에 입소해야 했다. 입소에는 소수의 물건만 필요했다. 다른 물건은 상자에 담아 베란다 창고에 보관했다. 엄마가 다시 쓰진 못하겠지만 버릴 수 없었다. 요양시설 입소 7년 차 접어들 때. 엄마는 당뇨 합병증과 폐렴으로 돌아가셨다. 요양시설에서 유품을 가져왔다. 열어보지 못하고 베란다 창고에 넣었다. 49재 지내고 요양시설에서 가져온 상자를 꺼냈다. 일회용 기저귀, 방수 패드, 바디로션. 아이들 사진과 부모님 약혼 사진. 50L 쓰레기봉투에 꾹꾹 눌러 담았다. 쓰레기봉투가 쭉 찢어졌다. 빈손으로 왔다 빈손으로 가는 게 인생이라지만. 허무했다. 엄마가 그리웠다. 털썩 주저앉아 쓰레기봉투를 껴안았다. 단 한 번만 엄마를 볼 수 있다면. 찢어진 쓰레기봉투에서 꺼낸 물건들을 도로 상자에 담아 창고에 넣었다.

　11월 끝자락. 더위를 버티지 못하고 죽어 있는 화초가 거슬렸다. 화분 정리하다 베란다 바닥이 흙투성이가 됐다. '이참에 베란다 청소하자.' 빗자루 들고 둘러봤다. 엄마 물품이 담긴 상자가 보였다. 슈퍼에 가서 75L 쓰레기봉투 3장을 사 왔다. 하나하나 쓰레기봉투에 넣었다. 그곳에선 아프지 않겠지. 누구의 도움 없이 걸어 다니실 엄마. 왠지 콧노래 부르며 꽃구경 다니실 것 같다. 옷장 속 엄마 옷을 꺼냈다. 자식들 걱정 말고 홀가분하게 가시기를.

　내가 죽으면 내 물건은 어떻게 될까. 망설이지 않고 옷장을 열었다. 작년에 한 번도 안 입은 옷, 살 빼고 입으려던 옷을 모두 꺼냈다. 빽빽했던 옷장에 여유가 생겼다. 신발장에는 운동화와 단화만 남겼다. 싱크대 한 칸을 차지한 반찬통. 언젠가 사용할 소품. 현관 앞은 이사 가는 집처럼 짐이 쌓였다. 이렇게 버려도 되는데. 물건에 부여했던 의미를 곱씹지 않으니 버리는 게 수월했다. 버려야 할 물건은 쌓여 갔지만 마음은 가벼워졌다.

　거실과 안방 한편을 차지하고 있는 책. 어림잡아 700권 된다. 책 정리가 힘든 건 왜 그럴까.

　버킷리스트 중 하나. 개인 도서관 만들기. 마당 있는 주택의 1층을 도서관처럼 꾸미기. 소장한 책으로 책꽂이를 채우고, 누구나 이용할 수 있는 장소. 아이들이 하교 후 자유롭게 책 볼 수 있는 곳. 어르신이 아이에게 책을 읽어주고, 함께 책을 보고. 서로 돌봐주는 공간. 책을 버리지 않은 여러 이유 중 하나였다. 십 년 전 안방에 있던 책장을 거실로 옮기며 힘들었던 기억이 떠올랐다. 혼자서 서너 시간이면 충분할 거라 생각하고 시작했다. 몇 권씩 옮기는데도 무게가 꽤 나갔다. 다람쥐가 도토리 옮기듯 안방과 거실을 줄기차게 왔다 갔다 했다. 급기야 낡은 이불을 펼쳐 책들을 쌓은 후 끙끙거리며 끌어서 옮겼다. 책장을 옮기고 혼자 책 정리하기는 힘에 버거웠다. 괜히 시작했다고 후회했지만 어질러 놨으니 해결을 해야 했다. 밤새 앓았다. 보름 정도 침과 물리치료를 받고서야 괜찮아졌다. 애들이 고생할 걸 생각하면 정리해야 하는데. 마음처럼 안 된다. 책 주인은 난데. 책이 내 마음을 잡고 흔든다.

에휴. 이번에도 안 되겠다. 책 정리는 실패했지만 다짐했다. 꼭! 필요한 책만 사자. 그때부터 회사 자료실에서 대출해 읽었다. 2년 잘 지나갔다.

2024년 회사 독서동아리에 가입했다. 매달 한 권씩 책을 선물 받았다. 의도치 않게 새 책이 생겼다. 독서동아리를 계기로 독립 서점에서 운영 중인 고전 읽기 모임에 가입했다. 모임 조건은 단순했다. 월 1회 선정 도서 읽고 소감 나누기. 집에 선정 도서가 없는 경우엔 독립 서점에서 구매하기. 책을 사야 하니 난감하기도 하고 기쁘기도 했다. 2개의 동아리를 계속한다면 어림잡아 20권쯤 생긴다. 해마다 최소 20권이다! 이대로는 안 되겠다.

10년 후면 환갑이다. 환갑 때까지 300권 유지하기. 애장 도서 선별 프로젝트 시작.

첫 번째, 재독(再讀) 가능성 낮은 책 먼저 읽기. 베스트셀러지만 내 취향이 아닌 책. 선물 받고 읽지 않은 책. 한꺼번에 정리할 생각 버리고 읽은 직후 미련 없이 현관문 밖으로 내놓기.

두 번째, 책에 대한 마지막 예의. 많은 사람의 수고로 세상에 나온 책을 위해 책 묘비명 남기기. 잊힌 책 되지 않도록 기록 한 줄 남기는 것. 인상적인 글귀나 소감, 요약 정리. 어떤 형식이든 괜찮다.

세 번째, 책을 대하는 태도 변화. 책을 통해 새로운 지식을 배운다. 좋은 글귀로 위로를 받고 삶의 깊이를 생각한다. 내 삶을 풍요롭게 해준 것으로 책의 역할은 충분하다. 얽매이지 않도록.

무소유는 어렵다.

앞으로도 어려울 것 같다. 소유하려는 마음에 귀 기울인다. 내 안에 어떤 마음이, 얼마큼 큰 크기로 차지하고 있는지. 충족시키고자 하는 게 무엇인지. 주객이 전도되어 내 삶을 좌지우지하지 않도록.

내가 떠나고 나면 소박한 삶을 추구했던 사람. 무소유를 실천하려 노력한 사람으로 기억되고 싶다.

2025년 돌아보면 뿌듯함보단 아쉬움이 크다. 가벼운 2026년 기대하며 나눔할 물품을 찾아본다.

7.
일상이라는 원고를 교정하는 빨간 펜

쓰꾸미

"책은 작가와의 대화다." 오랜 시간, 이 문장을 혐오했었다. 아니, 더 정확히 말하면 믿지 않았다. 대화란 무엇인가. 서로 눈을 맞추고, 말을 주고받으며, 때로는 상대의 말에 반박하고 새로운 결론을 도출하는 쌍방향의 소통이다. 하지만 지난 30년간 나에게 책은 대화의 상대가 아니었다. 그것은 일방적인 지시를 내리는 '명령서'였거나, 현실을 잊게 만드는 '마취제'였을 뿐이다. 작가는 높은 곳에서 떠들고, 나는 아래에서 듣는다. 책 속의 문장은 성벽처럼 단단해 끼어들 틈이 없었다. 그 안에서 그저 주어진 글을 암기하고 따라야 하는 수동적인 수신자, 혹은 앵무새였다.

처음 책을 집어 든 이유는 재미였다. 중학교 3학년, 교실 창밖에서 들어오는 햇살이 따가울수록 내 시선은 교과서 아래로 파고들었다. 교과서로 감춘 세상에는 김용의 무협지『영웅문』이 숨겨져 있었다. 선생님의 단조로운 목소리는 배경음악처럼 흐릿해지고, 눈앞에는 중원 무림의 광활한 대지가 펼쳐졌다. 곽정이 되어 몽골의 초원을 달렸다. 우직하고 둔하지만 끝내 최고의 경지에 오르는 그를 보며 가슴이 뛰었다. 밤이면 이불을 뒤집어쓰고 이불 사이로 새들어오는 불빛 아래서 장무기가 되어 구양신공을 연마했다. 상상 속에서 허공을 향해 항룡십팔장을 내질렀고, 그 순간만큼은 입시의 압박도, 사춘기의 불안도 없었다. 양과와 소용녀의 애절한 사랑을 읽을 때는 설레는 사랑이라는 감정 덕분에 잠을 이루지 못했다. 하지만 책은 대화가 아니었다. 현실 도피였다. 화려한 컴퓨터 그래픽이 난무하는 영화를 넋 놓고 바라보는 관객처럼, 작가가 편집해 놓은 환상의 세계에 무임 승차하여 쾌락을 즐길 뿐이었다. 책을 덮으면 다시 평범하고 볼품없는 중학생으로 돌아왔다. 책은 나에게 멋진 놀이터였지만, 일상을 바꾸지는 못했다.

성인이 되어 직장이라는 정글에 떨어졌을 때, 책의 의미는 '생존'으로 바뀌었다. 10대의 책이 마취제였다면, 20대 후반의 책은 족쇄이자 유일한 무기였다. 대학 시절 한 번도 거들떠보지 않았던 엑셀이 내 목을 죄어왔다. 입사 첫날, 선배가 던져준 방대한 데이터를 보며 얼어붙었다.

엑셀은 단순한 표 만들기 도구가 아니었다. 프로젝트 예산, 공정 관리, 인력 투입 계획 등 회사의 모든 피와 살이 그 네모난 셀 안에서 흐르고 있었다. 서점으로 달려가 엑셀 관련 서적을 샀다. 살기 위해서였다. 모니터 옆에 책을 펴놓고, 함수 하나하나를 링거액처럼 내 머릿속에 주입했다. 업무 시간 내내, 나의 모니터 속 엑셀 창은 꺼지지 않았다.

그뿐이 아니었다. 엔지니어로서, 수많은 '규격집'과 싸워야 했다. 그것은 무협지보다 더 어렵고, 법전만큼 엄격했다. 한번은 배관 파이프 자재를 승인받는 과정에서 큰 곤욕을 치렀다. 탄소강 파이프는 다 비슷해 보였다. 하지만 한국 규격(KS)과 미국 규격(ASME)은 분명히 달랐다. KS 기준으로는 합격인 재질이 ASME 기준에서는 미달 판정이었다. 더 끔찍한 건 압력 시험 기준이었다. 국내 기준은 설계 압력의 1.5배를 견디면 됐지만, 미국 기준은 1.3배였다.

"자네, 시방서 확인 안 했어?"

상사의 불호령이 떨어졌다. 고작 숫자 0.2의 차이. 하지만 그 작은 차이가 수천억 원 차이로 프로젝트가 실패할 수도 있다는 사실에 등줄기로 식은땀이 흘렀다. 그날 밤, 영어로 된 깨알 같은 규격집을 붙들고 야근했다. 토익 공부가 영어의 끝인 줄 알았던 나에게, 전문 용어가 난무하는 국제 규격집은 암호문이나 다름없었다. 그래도 읽어야 했다. 꼼꼼하게 읽지 않으면 내가 편하게 일상을 보내지 못하니까. 이때의 독서는 '복종'이었다. 책이 "오른쪽으로 가라"고 하면, 이유를 묻지 않고 따라야 했다. 토를 달거나 창의성을 발휘하는 순간, 그것은 바로 사고로 이어졌다. 책은 절대적인 권위자였고, 그 앞에서 한없이 작아졌다.

40대에 들어서며 인생의 챕터가 넘어갔다. 치열했던 현장 근무를 마치고 돌아보니, 가정이라는 또 다른 전쟁터에 서 있었다. 18년의 결혼 생활 중 9년을 해외에서 보냈다. 아침에 별을 보고 출근하고 달을 보며 퇴근했다. 가족을 위해 싸웠다고 자부했다. 정작 집에 돌아왔을 때, 아이들과 나 사이엔 9년의 시차만큼이나 건너기 쉽지 않은 깊고 넓은 강이 흐르고 있었다. 다시 책을 찾았다. 서점에는 '좋은 아빠'가 되는 법을 알려주는 책들이 넘쳐났다. 하나같이 "친구 같은 아빠가 돼라."라고 조언했다. 아이의 눈높이에서 소통하고, 끊임없이 대화하며, 공감해 주라고 했다. 모두 맞는 말이었다. 반박할 수 없는 정답이었다. 하지만 그 정답이 나에게는 오답이었다. 내 아버지로부터 친구처럼 지내는 법을 배우지 못했고, 물리적으로도 아이들과 함께한 추억이 너무 적었다. 어설프게 친구 흉내를 내자, 오히려 아이들은 더 어색해했고, 내 위치만 우스워졌다. 훈육이 필요한 순간에도 '좋은 아빠' 콤플렉스 때문에 머뭇거리다 타이밍을 놓쳤다. 아내 혼자 아이들 사춘기를 감당하며 속이 문드러지고 있었다.

잠시 책을 덮었다. 그리고 처음으로 상상 속에서 작가의 멱살을 잡고 따지기 시작했다. "당신 말이 다 맞습니다. 하지만 내 현실은 다릅니다. 나는 친구가 될 수 없습니다." 철학자 쇼펜하우어는 말했다. "독서는 남의 머리로 생각하는 것이다." 그동안 남의 머리로 내 인생을 살려 했다. 내 인생이라는 영화의 감독은 나인데, 왜 시나리오를 남에게 맡기고 있었을까. 결심했다. '친구 같은 아빠'라는 챕터를 내 인생에서 과감히 들어내기로 했다. 대신 '엄한 아빠'라는 컷을 삽입했다. 아이들이 잘못된 길로 갈 때 단호하게 제동을 거는 '브레이크' 역할. 비록 아이들이 당장은 나를 어려워하고 멀리하더라도, 옆에 없었던 9년을 메우고 가정을 지키는 나만의 방식이라 판단했다. 포기가 아니었다. 주체적인 선택이었다. 세상이 말하는 정답을 버리고, 욕을 먹더라도 필요한 역할을 자처하는 것. 그것이 40대의 내가 찾은 '나다움'이었다.

이제 나에게 책은 더 이상 놀이터도, 명령서도 아니다. 나의 '편집실'이다. 책을 읽을 때 빨간 펜을 든다. 작가가 아무리 훌륭한 이론을 늘어놓아도, 내 삶의 맥락과 맞지 않으면 가차 없이 빗금을 긋는다. "이건 당신 생각이고, 내 생각은 달라." 반대로 작가의 문장이 내 고민의 급소를 찌르면, 그것을 오려내어 내 삶의 노트에 붙여 넣는다. 엑셀의 함수처럼 그대로 적용하지 않는다. 내 상황에 맞게 변형하고 비틀어 적용한다. 결과가 좋으면 다행이고, 나빠도 상관없다. 실패조차 내가 선택한 나의 역사이니까. 과정에서 문제를 해결하며 '나다움'을 발견했다면, 충분하다.

책과 대화한다는 말, 이젠 공감한다. 하지만 책과 대화는 다소 거칠다. 작가에게 끊임없이 되묻고, 의심하고, 때로는 맞선다. 맹목적인 믿음이 사라진 자리에 비로소 건강한 의심과 주체적인 잣대가 세워진다. 정답을 찾기보다 해답을 만들어 가려는 노력. 그 치열한 쟁투 끝에 남는 생각만이 진짜 내 일상이 되고 피가 된다.

오늘도 책을 펼친다. 하지만 예전처럼 작가의 뒤를 졸졸 따라가지 않는다. 작가와 나란히 걸으며, 때로는 앞서거니 뒤서거니 하며 내 길을 만든다. 그저 쉽고 달콤한 위로만 건네는 책은 경계한다. 나를 불편하게 만들고, 내 생각을 뒤흔들며, 결국 나를 멈춰 서서 고민하게 만드는 책. 그런 책과 밤새 싸우고 화해하며, 내 일상을 한 줄 고쳐 쓴다. 나는 독자가 아니다. 내 인생의 편집자다.

8.

열다섯 살에 만난 인생 책

전길자

"자기 자신을 믿으라!"

『적극적 사고방식』, 노만 빈센트 필, p.15

'나는 왜 숫기가 없을까? 남들 눈치를 볼까? 사람들 앞에만 서면 머리가 하얘질까?'

그랬다. 나의 열다섯 살은 온통 고민투성이였다. 내가 가장 많이 생각한 것은 '나는 왜?'라는 거였다. 평상시 소심해서 남들과 눈 마주치기도 어려웠다. 중학교 2학년 윤리 시간. 선생님이 아이들의 발표력을 키워주려고 돌아가면서 발표를 시키셨다. 내 차례가 왔을 때, 심장이 뛰었다. 얼굴이 후끈거리며 빨개졌다. 발표 전까지만 해도 잊어버리지 않으려고 말해야 할 내용을 달달달 외웠다. 교탁까지 걸어가는데 발걸음이 천근만근이었다. 막상 교탁 앞에 서니 아무 생각도 나지 않았다. 머리가 하얘졌다. 무슨 말을 했는지 전혀 기억이 안 난다. 외운 대로 발표만 하면 됐는데……. 자책했다. 나는 왜 이리 바보 같고 소심한지 모르겠다고. 42년 전의 일인데도 그날의 감정을 잊을 수가 없다. 내 성격이 싫었다. '너 언제까지 이렇게 소심하고 덜덜 떨면서 살 거야?' 열다섯 살의 나는 이렇게 외치고 있었다.

열다섯 살, 내게 의미가 크다. 공부가 재미있어진 시기다. 나에 대한 관심도 많아졌다. 성격을 바꾸고 싶다는 생각이 들었다. 답답했다. 누구에게라도 묻고 싶었다. 어떻게 하면 자신감 있는 성격이 될 수 있는지. 그러나, 누구를 붙잡고 이야기할 만큼의 숙기도 없었다. 학교에서는 있는 듯 없는 듯 존재감 없는 나. 먼저 다가가서 말도 못 하는 내 모습. 그때 만난 책이 있다. 바로, 노만 빈센트 필 목사의 『적극적 사고방식』이다. "새로운 삶의 분기점, 지금부터도 늦지 않다!"라는 책의 부제처럼 열다섯 살에 만난 그 책은 내게 성경책이었다. 책 한 권을 읽는다고 성격이 금방 바뀌지는 않는다. 어느 글귀에서 본 것 같다. "책을 읽는 건 많이 알기 위해서가 아니라, 많이 깨닫기 위해서다."라고. 여기에 한 가지를 더 보탠다면, 깨달은 것은 실천해야 한다는 것이다. 열다섯 살 이후, 많이 고민하고 실천한 덕분일까. 다시 책이 읽고 싶어졌다.

40년 만에 알라딘 중고 서점에 가서 그때의 그 책을 다시 구매했다. 열다섯의 내가 느꼈던 감동과 깨달음을 다시 확인해 보고 싶었다. 어른이 되어 다시 읽어본 『적극적 사고방식』은 기독교적 색채가 짙은 책이었다. 지금 생각해 보면 기독교 신앙도 없는데 어떻게 이 책을 읽었나 싶다. 종교에 관계없이 나에게 큰 영향을 주었으니, 평생 고마운 책인 것은 틀림없다. 책을 다시 읽으며 지난 시간을 되돌아보았다.

초등학교 때는 원 없이 놀았다. 공부한 기억이 없다. 운동장에서 뛰어노는 것이 좋았다. 친구들과 하루 종일 놀다가 저녁이 되면 집에 들어가 밥을 먹던 시기였다. 각 집마다 형제자매가 네댓 명쯤은 있던 시절이었다. 부모님한테 공부하라는 소리를 들어본 적이 없다. 먹고살기 빠듯해 자식의 공부까지 신경 쓰지 못한 부모님은 그저 건강하게만 자라도 다행이라 여기셨을 테다.

그런 내가 열심히 공부하기 시작한 것은 중2가 되고부터였다. 어른들이 흔히 말하는 공부 머리가 열다섯 살에 트인 것이었다. 질풍노도의 시기, 사춘기에 방황하는 친구들도 많았는데, 나는 돌연변이처럼 공부가 좋아졌다. 그때는 시가 좋았다. 나도 모르게 중얼거리면서 다녔는데, 자연스럽게 외워졌다. 누가 시킨 것도 아닌데 말이다. 우리나라에 좋은 시와 소설이 이렇게 많다니! 놀라웠다. 처음 배우는 영어도 신기했고, 배우는 과목마다 아는 즐거움이 컸다. 중3 때 담임은 국사 선생님이었다.

총각 선생님께 잘 보이고 싶었다. 열심히 공부했다. 중간고사 때 100점을 맞았다. 칭찬을 받았다. "길자는 정말 공부를 잘하는구나. 애들아, 길자를 본받으렴." 각 과목 선생님들의 말 한마디에 자신감이 올라갔다. 소심했던 나에게 주시는 선생님들의 관심과 사랑이 느껴졌다. 학교 가는 게 즐거웠다.

그 후, 고등학교는 여상에 입학했다. 졸업하고 바로 취업할 수 있는 학교였다. 친구들은 인문계 고등학교에 갔다. 대학을 가는 게 목적이라고 했다. 대학에 진학할 생각이 없었다. 인문계에 진학할 성적이 충분히 됐지만 장학금을 준다는 말에 여상에 진학하기로 결심했다.

고등학교에서도 남들 앞에 나서야 할 일이 생겼다. 생각지도 않게 부반장이 된 것이다. 여전히 소심하고 남들 앞에만 서면 얼굴이 빨개졌다. 부반장이니 반장을 대신해서 교탁에 설 때가 있었다. 담임 선생님의 지시 사항을 전달해야 하는데, 너무 떨려서 말을 할 수가 없었다. 칠판에 글을 써서 선생님 지시 사항을 전했다. 남들 앞에만 서면 왜 그리 얼굴이 빨개지는지. 감추고 싶었다. 책을 읽고 마음을 굳게 먹었건만, 어디 사람 성격이 하루아침에 바뀌던가. 떨릴수록 자꾸 연습을 해야 한다고 생각했다. 선생님이 질문하면 맞든 틀리든 큰 소리로 대답하기 시작했다. 발표할 일이 있으면 제일 먼저 손을 번쩍 들었다. 그렇게 조금씩 연습했다.

어느새 내 나이 50세. 국제봉사단체인 로타리 회장이 되었다. 회장이 되면 이취임식 때 앞에 나가서 취임사를 한다. 이취임식에 100명쯤 되는 사람이 모일 거라 예상했는데 300명이나 모였다. 많은 사람들 앞에 나가서 말해야 한다는 중압감이 컸다. 그날을 위해 몇 달을 준비했다. 막상, 당일이 되니 너무 떨려서 앞이 잘 보이지 않았다. 오랫동안 연습을 했는데도 여전히 떨렸다. 다행히 그 떨림을 알아차린 사람이 없었다. 국제로타리클럽 일을 활발히 할수록 앞에 나가서 발표할 일이 많아졌다. 회장만 100명이 넘는 행사에서도 다른 사람들의 추천을 받아 대표로 나가서 발표하기도 했다. 지금도 말하기 전까지는 늘 심장이 쿵쾅거린다. 다만, 언제부터인가 말하는 순간의 떨림이 열정이 되어 신나게 말하고 있는 나를 발견한다.

2025년 9월 6일. 상상스퀘어 출판사에서 개최하는 "오로다데이" 스피커로 성균관대학교 강연장에 섰다. 오로다데이는 PDS다이어리를 사용하는 사람들이 모여 자신의 성장과 변화를 공유하고, 동기부여를 받도록 상상스퀘어에서 마련한 오프라인 행사다. 주최 측에서 1,000명을 예상한다고 하길래, 스피커로 선정이 되었을 때부터 엄청나게 떨었다. 그 많은 사람들 앞에서 어떻게 말을 한단 말인가. 한 달 하고도 일주일 동안 강연 원고를 준비하고 대본을 외웠다. 일도 손에 잡히지 않았다. 새벽에 나도 모르게 눈이 번쩍 뜨일 정도였다. 기분 좋은 스트레스라고 하기에는 중압감이 컸다. 막상 현장에 가서 강연하고 나니, 뭔가 이루었다는 뿌듯함이 몰려왔다. '나도 많은 사람들 앞에서 말을 할 수 있구나!' 내 인생에 언제 이렇게 많은 사람들 앞에 서본단 말인가? 큰 산을 하나 넘은 기분이었다. 이렇게 성장을 하는가 보다. 그 떨림의 시간이 쌓이고 쌓였다. 지금은 웬만한 곳에서는 잘 떨지 않는다. 아니, 속으로 떨지만 겉으로 티를 내지 않는다는 말이 맞을 것이다.

성격을 바꾸고 싶어 펼친 이 책 덕분에 내 성격은 180도 바뀌었다.

뭔가 변화가 필요한데, 물어볼 곳이 없다면 책을 펼쳐보라고 권하고 싶다. 내가 해결하고자 하는 문제를 가지고 책을 보라. 열다섯 살의 내가 현재의 나를 본다면 얼마나 놀랄까? 책 한 권으로 변화된 장본인이 바로 나다. 그래서 자신 있게 말할 수 있다. 누구든, 변화하고 싶다면 당장 책을 펴보라고.

2장

습관이 된 밑줄,
습관이 된 인생

1.
익숙해서 몰랐던 것들

강명경

"지금의 선택이 바뀌지 않은 채로 계속해서 영원히 반복되어도 좋을 만큼 최선의 선택을 해야 한다."

『내가 원하는 것을 나도 모를 때』, 전승환, p.191

알람이 울린다. 아직 눈꺼풀이 묵직해서 조금 더 누워 있고 싶은데 진동 소리가 거슬린다. 눈을 감은 채 한쪽 발로 이불을 걷어내고 상체만 일으켜 발끝 쪽으로 손을 뻗는다. 이제 좀 조용하다. 다시 누웠지만, 이미 잠이 깼다. '그냥 일어나자.'

얼마 전까지만 해도 휴대전화는 머리맡에 있었다. 알람을 분 단위로 여러 개를 맞춰두었지만, 손가락만 움직이면 쉽게 껐다. 하루의 시작은 자연스럽게 늦어졌다. 변화가 필요했다. 아침을 알리는 알람의 위치를 바꿔보기로 했다. 누운 채로는 손이 닿을 수 없는 위치로 알람을 옮긴

다음부터는 아침이 조금씩 달라지기 시작했다. 그래서인지 요즘 아침은 잠을 푹 잔 것처럼 개운하다. 이중으로 된 암막 커튼을 젖히면 베란다 창으로 햇빛이 들어와 거실이 훤해진다. 소파에 앉아 빈속에 미지근한 루이보스차를 마실 때 몸에 천천히 퍼지는 느낌이 좋다. 특별히 신경 쓸 일 없이 무난한 하루, 단조롭지만 불편하지도 않다. 예전부터 바라던 느긋한 아침이다.

평소처럼 편하게 책을 읽다가 우연히 눈에 들어온 문장, 어딘가 찌릿한 느낌이다. '나는 이 삶을 그대로 반복해도 괜찮을까.' 잠시 고민이 들었다. 오랫동안 나중의 행복을 믿으며 지냈던 것 같다. 학교와 집을 다니면서 고군분투하는 생활을 했다. 특히 내 한계에 부딪힐 때는 더욱 고통스러웠지만 오기로 버텼다. 오해가 생겨 해명하려고 눈을 마주치면 어디서 눈을 똑바로 뜨냐는 핀잔, 묻는 말에 대답하면 말대꾸하냐는 반응이었다. 내가 하는 말은 쓸데없는 것으로 무시되었다. 선생님이 말하면 어떤 말이라도 듣고만 있어야 했다. 이런 일이 반복되니까 세뇌당한 듯이 어느 순간부터 선생님의 말이라면 무조건 다 옳은 것 같았다. 어느 날에는 그냥 다 관두고 나가라는 강요를 받았을 때, 나는 그럴 수 없다고 겨우 말소리를 냈다. 그러자 그는 자신을 무시하는 거냐면서 어디 한번 해볼 테면 해보라고 크게 윽박지르며 화를 냈다. 나는 스승의 말도 안 듣는 고집불통이 되어 있었다. 어떻게든 버텨보려고 꾹꾹 참았다. 그러다가도 말로 상처받을 때마다 바닥으로 내동댕이쳐지는 것 같았다. 이런 과정이 끝나면 숨을 돌릴 수 있을 줄 알았다. 어디에도 말하기 어려웠다. 버텨야 했기에 시간이 가면 괜찮아질 거라고 나를 다독였다.

힘들 때는 가고 싶은 여행지를 생각해 보거나 잠깐의 휴식을 보상처럼 여겼다. 하지만 시간이 지날수록 몸이 점점 무거워졌다. 아침부터 무기력했고, 종일 기운이 빠진 채로 저녁을 맞았다. 성취를 얻기보다는 소진되고 있었다. '혹시 나는 지금을 희생하면서 알 수 없는 미래에 희망을 기대고 있는 건 아닐까.' 벼랑으로 계속 밀쳐지던 어느 날, 그동안 애써 준비해 온 자료들이 눈앞에서 찢기고 내 얼굴로 날아왔을 때, 더 이상 버티지 못하고 무너졌다. 그날 이후 세상에 다시 나서기까지 많은 용기와 시간이 필요했다.

과거를 돌아볼 용기가 생긴 지금에서야 한 번씩 상상해 본다. 당시에는 천천히 쌓아 올린 시간이 한꺼번에 무너진 것처럼 절망스러웠다. 무엇보다도 내가 나약하게 느껴졌다. 그때의 상황에서 계속 버티는 선택을 했다면 지금은 어떻게 달라졌을까. 어쩌면 뭘 잘 몰랐던 이십 대보다 서른 살쯤에 겪었다면 결과가 달라졌을 수도 있다. 그렇지만 다시 생각해 봐도 그때와 같은 상황이라면, 똑같이 나를 보호하는 결정을 했을 것 같다.

지금은 내가 좋아하는 일을 하고 있다. 일은 처음에 시작했을 때보다

하면 할수록 더 좋아진다. 가끔 마음이 흔들리는 순간도 있지만, 이 정도면 그럭저럭 괜찮게 잘 지내는 것 같았다. 내가 선택한 일이었기에 즐기고 있는 줄 알았다. 어느 날 오랜만에 만난 친구가 안정적인 직장에 들어갔다는 소식을 들었다. 누군가는 사업이 잘돼 수익이 늘었고, 고급 외제 차를 아무렇지 않게 바꿔타는 모습을 볼 때, 주변 사람들은 한 단계씩 앞서가고 각자의 자리를 잡아가는 것 같았다. 그럴 때면 왠지 모르게 가슴이 두근거리고 뭔가 조급해졌다.

나는 지금 제대로 가고 있는 것인지 내 하루를 다시 천천히 들여다보았다. 눈에 띄는 성과는 없어도 인생을 포기할 만큼 절망스럽지도 않았다. 이런 애매함이 마음을 더 불안하게 했다. 단조로워서 좋다고 느낀 하루는 안일하게 느껴졌다. 느지막이 하루를 시작하는 날들이 처음에는 자유롭고 편했지만, 그 느낌은 오래가지 않았다. 기분이 내키지 않거나 피곤하면 일은 쉽게 다음 날로 미뤄졌다. 그러다가 벼락치기로 처리하는 날들이 많아졌다. 그러다 보면 밤에는 각성이 되어 늦게 잠이 들고, 다음 날은 또 피곤해지는 날들이 반복되었다. 쌓여가는 피로감에 비해 체력 회복 속도는 더뎠다.

열정과 나태함이 왔다 갔다 할 때쯤 이건 아닌 것 같아서 다시 마음을 잡기로 했다. 일정표를 펼쳤다. 먼저 화요일과 목요일 저녁 7시에 운동을 적었다. 목요일 밤 9시에는 가능한 문장 수업을 듣기로 정했다. 또 무엇을 하고 싶었는지 생각해 보니 영어 회화가 떠올랐다. 예전부터 막연하게 해보고 싶은 마음뿐이었던 영어를 배우기 위해 학원을 방문했다. 상담받은 날 바로, 퇴근 후에 할 수 있는 일정으로 등록했다.

하루에 정해진 일정이 생기자 일상에 활력이 생겼다. 하루에 한두 개 정도 반복되는 일상은 또 하나의 습관이 되면서 나를 움직이게 했다. 시간을 분 단위로 나누지 않아도 오전과 오후에 무엇을 해야 하는지 아는 것만으로도 낭비하는 시간이 줄었다. 특정 요일과 시간을 정해두자 중간에 다른 일정이 생겨도 완전히 무너지지 않았다. 체력도 달라졌다. 체력이 지치거나 다른 일로 지키지 못하는 날에도 앞으로 나아갈 수 있는 힘이 생겼다. 당장 결과가 보이지 않고 조금 부족하더라도 하루가 즐거웠다. 내 길을 묵묵하게 걷다가 보면 어느새 바라던 것이 눈앞에 있을 것 같다.

한때 '도전'이라는 말에 흥미를 느꼈다. 지금 가진 자원으로는 어려울 수도 있다는 걸 알면서도 새로운 걸 시작해야 앞으로 나아갈 것 같았다. 여러 번의 흔들림 끝에 받아들일 수 있었던 것은 끝까지 가보는 용기도 필요하지만, 아니다 싶을 때 멈추는 용기도 필요하다는 점이다. 돌아보면 이미 좋아하고 잘하는 일들이 삶 속에 있었다. 익숙해서 별것 아닌 것처럼 여겨서 잘 보지 못했을 뿐이었다. 다시 바라본 나의 하루는 예전에 느낀 안일함과는 달랐다. 단조롭게 반복된다고 생각한 날들은 아무

것도 하지 않고 제자리에 멈춰 있는 게 아니었다. 오히려 나를 단단하게 해주고 있었다. 익숙해질 만큼 꾸준하고 성실하게 살았다는 뜻이었다. 한 분야에서 10년 넘게 일한 만큼 경력과 실력은 차곡차곡 쌓여갔다. 어려움을 견뎌 낸 시간 동안 겸손해지는 법도 배웠다.

절망 속에서도 긍정적인 생각을 하면 사람은 바뀌어 간다. 특별한 사건 때문에 변화가 생긴 게 아니었다. 나중의 행복을 바라면서 버티던 시간과 매일의 작은 습관이 있었다. 덕분에 다시 소진되더라도 털고 일어날 수 있는 용기가 생겼다.

2.
사소한 반복의 위대한 반전

강혜진

"매일 같은 환경에서 같은 행동을 반복하면 무의식적으로 저절로 행동하게 된다. 뇌는 이처럼 자동화된 행동으로 에너지를 절약한다."

『마음의 기술』, 안 엘렌 클레르, 뱅상 트리부, p.19

얼마 전부터 『마음의 기술』을 재독하고 있다. 지난번 읽었을 때 밑줄 쳐 놓은 부분을 발췌해 필사하고 내 생각을 한 줄 써서 노트에 정리 중이다. 그중 오늘 내 눈에 띈 문장이다.

미루기의 달인인 나, 나를 질책하게 만들었던 고질적인 게으름의 실체가 사실은 '뇌의 에너지 절약' 때문이었다니. 그동안 나는 왜 이토록 의지가 박약할까, 왜 남들 다 쉽게 하는 일들을 어려워하며 제대로 하지 못할까. 자책하며 나를 깎아내릴 때가 많았다. 그것이 성격 결함이 아니라, 늘 같은 방식으로 도망치듯 행동해 온 끝에 뇌가 '미루기'라는 회로를 아주 효율적으로 자동화해 버린 결과일 뿐이란 걸 깨달았다. 그랬더니 나를 자책하던 마음이 한결 가벼워졌다. 이유가 그렇다면 또 다른 회로를 만들어 나를 바꾸면 될 일이었다.

나에게는 오래된 약점이 있다. 건조기에서 다 돌아간 빨래를 바로 정리하지 못하고 며칠씩 방치하고, 설거지통에 쌓인 식기들을 보며 '조금만 쉬었다 하자'며 핑계를 대는 것. 바로바로 처리하지 않고 자꾸만 미루는 습관이다. 업무를 앞에 두고 괜히 책상 서랍을 뒤적이며 본질과는 상관없는 일에 에너지를 쏟는 버릇도 여전하다. 겉으로는 완벽을 기하려 애쓰지만, 실상은 잘하고 싶은 일일수록 더 미루고 마는 '게으른 완벽주의'의 표본이다. 착한 아이 콤플렉스도 있다. 밖에서는 타인의 부탁을 거절하지 못해 에너지를 소진하고 퇴근한 후엔 늘어져 있기 일쑤다. 내 삶의 질을 결정하는 집안일이나 자기 계발 앞에서는 무력해져 있다.

학교에서 돌아와 저녁밥 먹고 나서 꼭 남은 일을 다 처리하고 쉬어야겠다고 생각한 날에도 똑같았다. 저녁을 먹고 식탁 위에 남은 음식과 그릇을 그대로 널어놓은 채 잠시만 쉬자며 소파에 드러눕듯 앉았다. 새벽에 일찍 일어난 탓인지, 금방 먹은 저녁을 소화시키느라 나른해진 탓인지, 온몸에 힘이 빠지고 잠이 쏟아지기 시작했다. 그렇다고 편히 잘 수도 없는 노릇이었다. 해야 할 일이 있는데 미뤄두고 쉬고 있으려니 머릿속은 온통 일 생각으로 복잡했다. 일에 대한 스트레스를 잠시나마 잊어보고자 휴대폰을 열었다. 강아지가 다가와 내 옆에 엉덩이를 기대고 누웠다. 한 손으로 강아지 털을 쓰다듬으며, 한 손으로 의미 없는 쇼츠 영상을 넘겼다. 온전히 쉬지도, 그렇다고 일하지도 못하고 어정쩡한 시간을 보내던 나는 결국 밤 12시가 넘어서야 휴대폰을 손에서 내려놓을 수 있었다.

졸린 눈을 비벼가며 일을 하다 이쯤에서 정리하기로 타협했다. 만족스럽진 못하지만 파일을 USB에 저장하고 허둥지둥 정리한 후 잠시 쪽잠을 잤다. 다음 날, 동료 선생님으로부터 여러 군데 오탈자를 지적당하고 결국 수정 요청을 받았을 때의 그 자괴감이란.

식사 후 10분만 쉬자며 잠시 소파 위에 눕던 습관은, 결국 다음 날 저녁 퇴근 후 다시 마주한 설거지 거리를 앞에 두고 깊은 한숨을 쉬는 일로 마무리되었다.

어느 휴일에는 원고 마감을 앞두고 책상에 앉았다가 뜬금없이 책장 정리를 시작한 적도 있었다. 책장에서 발견한 아이들의 어릴 적 그림일기와 선물 받은 책을 들춰보느라 정리도 제대로 하지도 못하고 오전 시간을 통째로 날려 버렸다. 오후 내내 키보드에 손을 올려놓고 원고 집필에 열을 올렸지만 그날도 마음에 쏙 드는 글을 쓰지 못했다. 겨우 마감 내에 원고를 후딱 전송해 놓고 다음번 집필 땐 미루지 않고 제대로 수정해 보겠다고 각오했다. 원고가 마무리되었는데도 찝찝함이 남는 건 내 잘못이 아니라 뇌의 자연스러운 반응 때문이라고 생각하기로 했다. 오늘도 뇌는 낯설고 고통스러운 '글쓰기'를 시작하기보다는, '회상'과 '딴짓'이라는 익숙하고 편안한 일을 효율적인 경로로 여긴 모양이라고. 그날부터 자책은 멈출 수 있었다.

바꾸고 싶다는 의지만으로는 쉬이 바뀌지 않던 나의 일상. 내 의지 탓이 아니라 뇌의 탓이라 여기며 죄책감을 가볍게 하는 데에 그친다면 평생 발전은 없을 것 같았다.

그런데 결국은 뇌도 나의 일부 아니던가. 미루기를 자동화하는 대신, 좋은 습관을 내 뇌에 강제로 입력하는 회로를 만든다면, 나도 조금 바뀔 수 있지 않을까 하는 기대가 생겼다.

습관이 만들어지는 과정은 고통스럽지만, 일단 궤도에 오르면 무의식적으로 행동하게 된다는 그 원리를 믿어 보기로 했다.

매일 같은 시각에 같은 행동을 21일 동안 반복하면 습관 만들기의 1차 관문은 거뜬히 통과한 거란 말을 들은 적이 있었다. 2023년부터 새벽 4시 30분에 기상하는 루틴을 만들 때도 나는 꼬박 3주 정신을 차리고 습관 만들기에 집중했었다. 21일에서 그치지 않고 66일 빈틈없이 새벽 3시 30분에 기상한 이후 나는 지금까지 계속 새벽 기상에 성공한 경험이 있었다.

66일 동안 반복하면 아예 회로가 새겨지는 그 경험을 믿고, '나'를 바꾸는 것이 아니라 '뇌'가 바뀌기를 기대하며 습관으로 만들고 싶은 것들을 적어보았다.

아침 복근 운동 10분, 오전 대청소, 휴대폰 대신 책 읽기, 식사 후 바로 뒷정리.

남들에겐 사소해 보일지 몰라도 나에게는 삶의 지도를 새로 그리는 일이었다.

나의 각오를 가족에게 알렸다. 아이들에게 손 편지를 써서 나의 이 부끄러운 고백과 도전을 지켜보고 응원해 달라고 했다. 엄마도 완벽하지 않으며, 누구보다 허술하지만 애쓰고 있는 한 인간이라는 것을 보여주고 싶었다. 아이들은 피식 웃으며 또 실패하겠다고 나를 놀렸다. 오히려 그 말이 고마웠다. 오기가 생겼다.

내일 아침에도 나는 눈을 뜨자마자 복근 운동을 시작할 것이다. 아마 강아지가 달려와 함께 놀자며 나의 운동을 방해하겠지만 잠시 기다리라고 하고 10분의 고통을 뇌에 새겨보려 한다. 오전엔 미련 없이 청소기를 돌리고, 소파에 앉으면 휴대폰이 아닌 책을 집어 들 것이다. 식사 후 졸음이 몰려오기 전에 싱크대를 말끔히 정리할 것이다. 그러고도 여유가 있다면 강아지와 저녁에 산책을 한 번 더 가는 것도 루틴으로 만들어 보려고 한다.

좋은 습관 만들기가 말처럼 쉽다면 인생 실패할 사람이 어디 있겠냐만, 습관으로 완벽히 새겨지는 그날을 기대하는 것보단 오늘 하루만 생각하기로 했다. 아주 사소한 행동을 반복하는 것에만 집중하려 한다. 처음엔 힘들겠지만 반복하다 보면 어느 순간 하지 않았을 때 어색한 일, 루틴이 될 거라고 믿고. 나는 오늘도 뇌에 좋은 습관을 회로로 새기기 위해 어제도, 그제도 했던 일을 고민 없이 반복하려 한다. 작은 반복이 쌓여, 언젠가 나는 지금보다 훨씬 단단한 사람이 되어 있을 것이라 확신한다.

3.
오늘을 일으키는 내일

고지원

"미래에 대한 기대가 삶의 의지를 불러일으킨다."

『죽음의 수용소에서』, 빅터 프랭클, p.118

"이 책 아직 안 읽어 봤니? 생각할 게 많은 책이니까 꼭 읽어봐."

2년 전, 시어머니가 책 한 권을 건네주셨다. 정신과 의사였던 빅터 프랭클이 쓴 『죽음의 수용소에서』였다. 유대인이었던 그는 가족과 함께 나치의 강제 수용소로 끌려갔다. 작가는 삶과 죽음의 경계에서 고통받는 사람들을 바라보며 느낀 바를 기록했다. 미래에 대한 믿음이 사라지는 순간, 수용소에서 맞이하는 것은 죽음이었다. 가족의 생사도, 자신의 내일도 알 수 없는 극한의 상황 속에서도 그는 반드시 살아서 나가겠다는 목표를 품고 있었다.

나는 앉은 자리에서 책을 단숨에 읽어 내려갔다. 수용소 밖에서 비교

적 편안한 삶을 살고 있는 나는 과연 간절히 바라는 미래가 있었던가. 주어진 하루를 감사하게 살아가고 있었는지, 스스로에게 질문하게 되었다.

중고등학생인 아들과 딸은 시험 기간만 되면 힘들다고 아우성이다. 하긴, 나도 그랬다. 놀지 못하고 책상 앞에 앉아 있던 시간 동안, 세상의 고통은 내가 다 짊어진 것만 같았다. 그런데 어른이 되고 보니, 학생 시절이 가장 속 편한 때였다. 용돈을 받고, 차려준 밥을 먹고, 내 할 일만 잘하면 칭찬도 받았다. 대학에 가서도 큰 걱정은 없었다. 의과대학 시절에는 스펙이나 취업 준비에 매달리는 대신, 정해진 6년의 커리큘럼과 시험 일정을 따라가기만 하면 의사 면허라는 결과가 보장되어 있었다.

대학 졸업 직후 결혼을 하자, 의사라는 역할에 아내와 엄마라는 이름표가 더해졌다. 책임질 일이 늘어날수록 하루 24시간은 턱없이 부족했다. 아이들을 재우고 남은 음식을 정신없이 내 뱃속에 털어 넣고 나면 하루가 끝났다. 내일이나 1년 뒤의 모습을 떠올릴 여유는 없었다. 그저 하루를 무사히 살아내는 것이 유일한 목표였다.

2019년, 가족 여름휴가로 한라산 윗세오름에 올랐다. 산행을 시작할 때는 맑았지만, 무수한 계단을 올라 중턱에 다다르자 비가 쏟아졌다. 정상에 가까워 오자 광활한 평지가 펼쳐졌다. 잠시 다리를 쉬며 바라본 풍경에 한참을 감탄했다. 마흔 중반이 된 지금, 비로소 그 평지에 올라 숨을 고르는 기분이다. 발아래만 보며 걸어온 길 위에서 고개를 들어 주위를 둘러본다.

내 꿈은 무엇이었을까. 50대, 60대의 나는 어떤 모습일까. 새해마다 형식적으로 다짐을 적어왔지만, 열 가지 목표 중 실제로 지켜진 것은 늘 두세 개뿐이었다. 목표 설정이 잘못되었다는 생각이 들었다. 1년에 10kg을 감량하겠다는 다짐은 이번 생에는 불가능할 것이라며 애써 스스로를 합리화하곤 했다.

알버트 아인슈타인의 말이 떠올랐다. "*똑같은 행동을 반복하면서 다른 결과를 기대하는 것은 미친 짓이다.*" 변화를 위해 행동과 습관을 바꿔야 했지만, 늘 핑계가 앞섰다. 바쁘고, 시간이 없고, 컨디션이 안 좋고, 날씨까지 탓했다. 새로움이 없는 내일은 재미가 없었다. 제자리걸음만 하는 삶이 공허하게 느껴졌다. 변화가 필요했다.

2025년 봄, 아산 이순신 마라톤 10km 코스에 등록했다. 전년도 대회에 참가했던 남편이 쌀 선물을 받아오는 모습을 보고 나도 욕심이 났다. 참가비를 냈으니 뛰어야 했다. 3개월 동안 헬스장 러닝머신에서 연습했다. 처음엔 10분, 그다음엔 20분. 달릴 수 있는 시간이 조금씩 늘어났다. 결국 첫 대회에서 쉬지 않고 10km를 완주했다. 결승선을 통과하는 순간, 말로 다 할 수 없는 뿌듯함이 밀려왔다. 중학교 체력장 이후 달려본 적 없던 나였다.

막상 대회에 가보니, 다양한 연령대의 사람들이 저마다의 목표로 즐겁게 뛰고 있었다. 특히 인상 깊었던 건, 70대의 어르신들이 탄탄한 근육을 자랑하며 달리는 모습이었다. 그날 다짐했다. '70세 할머니가 되어서도 뛸 수 있는 체력을 만들자!'

이후 천안 근교에서 열리는 대회들을 찾아 등록했다. 9월 공주 백제 마라톤, 10월 이봉주 마라톤, 11월 아산 은행나무 마라톤과 유관순 평화 마라톤까지. 연습할 장소도 충분했다. 천안 시청 운동장, 성성 호수공원, 아산 신정호, 불당천 왕복 7km 코스까지 어느새 익숙한 공간이 되었다. 집 근처에서 힘들게 걷던 오르막길은 훌륭한 언덕 훈련장이 되었다. 이 모든 과정이 내 몸을 건강하게 만드는 일이라 생각하니 연습 시간이 즐거워졌다. 새벽 5시에 일어나 운동화 끈을 묶는 내 모습이 스스로도 놀라웠다. 내가 설정한 목표에 이렇게 진심을 다했던 때가 있었던가.

러닝은 참 매력적이었다. 목표를 향해 나아가는 과정 자체가 즐거웠다. 숨이 차고 힘들 때도 있었지만, 완주 후의 성취감은 다시 나를 뛰게 했다. 반복된 행동은 습관이 되었고, 어느새 러닝은 친구 같은 일상이 되었다. 겨울이면 이불 속에 숨어 있던 내가 영하의 날씨에 땀을 흘리며 행복해하고 있었다. 행동은 분명 나를 변화시키고 있었다.

이 자신감은 삶 전반으로 확장되었다. 해낼 수 있다는 믿음은 마음가짐을 바꾸었다. 2024년에 개설한 개인 블로그도 달라졌다. 예전엔 일주일에 한 편 쓰는 것도 부담이었지만, 이제는 짧은 글이라도 매일 기록한다. 일상의 글쓰기가 쌓이면 언젠가 책이 될 수 있다는 확신이 생겼기 때문이다.

오늘의 나를 일으켜 세우는 존재는 미래의 나였다. 2025년 겨울. 지인 J에게서 '마이 퓨처 셀프' 키트를 선물받았다. 5년 뒤, 10년 뒤의 나를 구체적으로 그리며 현재를 살아가게 돕는 다이어리였다. 구체적인 계획에 앞서 『퓨처 셀프』 책을 사서 정독했다. 책에서는 장기적인 미래의 나와 오늘의 나를 연결하라고 했다. 그러면 오늘 더 훌륭하고 탁월한 결정을 내릴 수 있게 된다고. 또한 완벽주의는 미루는 태도를 낳기에 주의해야 한다고도 했다. 그렇다. 오늘의 나를 채찍질하는 원동력은 바로 '퓨처 셀프'였다. 나의 꾸준함을 방해했던 결정적인 요소는 '완벽해야 한다'는 강박이었다. 3일간 제대로 식단을 지키지 못하면 그대로 포기했다. 일주일간 다이어리를 못 쓰면 허탈함에 다시 쓸 기분이 나지 않았다. 과정이 완벽하지 않으면 결과를 얻을 자격이 없다고 생각했다. 중요한 것은 '그냥 계속하는 것'이었다. 포기하면 그것으로 끝이지만, 묵묵히 가다 보면 결승점은 나오기 마련이었다.

2025년 목표 중 하나는 개인 전자책 출간이었다. 하지만 주제만 떠올리다 1년이 흘렀다. 그러다 2025년 11월, 글빛이음 공동 저서 모집 소식을 접했다. 초고 마감까지 단 보름. 여행, 운동 등 일정은 빡빡했고 마음은 흔들렸다. 할 것인가, 말 것인가. 그 순간 수용소 안에서도 희망의 끈을 놓지 않았던 빅터 프랭클과 숨이 넘어갈 듯 갈려 결승점을 통과했던 나의 모습이 겹쳐졌다. 목표에 대한 갈망이 분명하다면 못 해낼 일은 없었다. 결국 꼴찌로 팀에 합류했다. 또 하나의 레이스가 시작된 것이다. 그렇게 시작된 레이스가 지금, 이 책을 통해 독자들과 마주하고 있다.

50세, 그리고 60세의 나를 그려본다. 100세 시대, 아직 살아갈 날이 많다. 매일 설레며 살고 싶다. 꿈에는 나이 제한도 자격도 없으니까. 꿈을 안고 살아가기보다, 하나씩 이루며 살아가고 싶다. 건강한 70대 할머니가 되기 위해 내년에는 하프 마라톤(21.0975km)에 도전할 것이다. 미래의 나를 그리는 일이 오늘을 사는 힘이 된다.

건강하고 아름다운 미래의 나를 위하여. 꾸준고, 파이팅!

4.
영원불멸의 도서관

김하세한

"글을 쓰는 것은 사랑하는 대상을 불멸화하는 작업이다."

『수시로 수정되는 마음』, 전수영, p.15

전수영 작가의 『수시로 수정되는 마음』에서 만난 롤랑 바르트의 문장이다. 그렇다면 글을 읽는다는 것은, 불멸화된 대상을 사랑하게 되는 과정일지도 모른다. 글을 쓰고 싶다는 마음이 처음 생겨났던 순간을 떠올리면, 어쩌면 바로 이 말이 나를 움직였던 최초의 기척이었는지도 모른다. '사랑하는 대상을 불멸화한다.' 그 말에 오래 머물렀다.

엄마는 소란스러운 한바탕의 사건이 지나가고 나면 늘 같은 말을 꺼내곤 했다.

"내 기막힌 인생을 누가 알까. 책으로 써도 열 권은 되겠다. 내가 글을 쓸 줄 알아야 쓰지….”

말끝은 흐려졌고, 뒤따르는 한숨은 늘 깊었다. 그 한숨이 들릴 때마다 가슴 한편이 저릿하게 조여왔다. 정말 엄마의 삶은 이렇게 아무 데도 닿지 못한 채 넋두리로만 흩어져도 되는 걸까. 단지 혼잣말로 남았다가 사라져도 되는 것일까. 그 말 속에는 분명 바람이 숨어 있었다. 누군가 자신의 이야기를 들어주기를, 살아낸 세월이 허공으로 흩어지지 않기를, 언젠가 누군가의 기억 한 자락에라도 남아 있기를. 그 말을 수십 번, 수백 번 듣는 동안 하나의 사실을 알게 되었다. 기록되지 않은 삶은 너무 쉽게 잊힌다는 것. 누군가의 고단한 하루도, 억울했던 순간도, 묵묵히 버텨낸 세월도 남기지 않으면 결국 사라진다.

흔히들 말한다. 노인 하나가 세상을 떠나면, 도서관 하나가 사라진다고. 그 말을 들을 때마다 떠오르는 얼굴이 있었다. 우리 엄마. 엄마의 평생이 품고 있는 이야기들은 헤아릴 수 없었다. 웃음과 눈물, 억울함과 인내, 사랑과 포기, 다시 일어섬까지…. 그 모든 결이 엄마 안에 차곡차곡 쌓여 있었다. 누군가 기록하지 않으면 어느 날 흔적도 없이 사라져 버릴 이야기들. 기억하는 사람이 사라지면 더는 세상 어디에도 남지 않을 이야기들. 그 사실을 깨닫는 순간, 마음 한가운데에서 결심이 올라왔다. 엄마의 도서관만큼은 내가 지켜야겠다. 엄마가 스스로 글을 쓰지 못한다면, 내가 엄마의 손이 되어 주고, 목소리가 되어 주고, 엄마의 인생을 다시 세상에 올려 세워주자. 마침내 결심은 말 한마디로 터져 나왔다.

"엄마, 내가 엄마 인생 써줄게."

그 말을 들은 엄마는 무심하게 대답했다.

"그런 걸 누가 본다구…."

하지만 그 짧은 한마디는 오래된 체념과 슬픔을 품고 있었다. 누가 기억해줄까, 누가 알아줄까, 누가 내 인생을 들여다볼까…. 그런 마음들이 겹겹이 쌓인 목소리였다. 그 순간 알았다. 엄마에게 '글'은 단지 기록이 아니라 존재를 증명하는 일이라는 것을.

그날의 결심은 지금의 나를 만든 첫 문장과 다름없었다. 엄마의 삶을 잊히지 않게 남기고 싶다는 마음, 엄마라는 도서관이 문을 닫지 않게 하겠다는 마음이 나를 다시 '기록하는 사람'으로 이끌었다. 그래서 지금도 밑줄을 긋는다. 누군가의 말, 누군가의 문장, 누군가의 인생을 그냥 스쳐 지나가지 못한다. 아마도 마음 깊은 곳에서 여전히 울리고 있는 한 소망 때문일 것이다. 엄마라는 도서관을 지키고 싶었던 마음. 그 마음이, 지금의 나를 글 쓰는 사람으로 남게 했다.

그 한마디로 모든 것이 시작되었다. 2024년 11월, 엄마의 인생이 글이라는 형태로 다시 태어나 세상에 모습을 드러냈다. 저자 인쇄본 중 첫 권을 엄마께 건넸다.

"이게 뭐냐?"

"뭐긴, 책이지. 엄마 책."

엄마는 갑자기 일어나시더니 불을 하나 더 켜셨다. 책 표지에 새겨진 제목, 『인생 꽃을 피우는 시간』. 자신의 이야기가 담긴 책을 펼쳤다. 그러더니 바로 덮어 옆으로 치우셨다. 예기치 못한 엄마의 반응에 나는 적잖이 서운했다. 뭔가 엄청나지는 않아도 적어도 몇 마디의 말 정도는 있어야 하지 않을까. 좋다거나, 낯설다거나, 어색하다거나. 어떤 반응이라도 듣고 싶었다. 나 역시 이유를 묻지 못했다. 왜 옆으로 치우셨는지. 멋쩍게 다른 이야기만 오갔다. 나의 시선은 엄마 모르게 자꾸만 밀쳐져 있는 책으로 향했다. 멋쩍게 다른 이야기만 오가다 집으로 돌아왔다. 내심 서운한 마음은 어쩔 수 없이 들었다. '말 몇 마디 해주는 것이 뭐 어렵다구.'

며칠이 지났을까, 작은딸이 가족 카카오톡방에 사진 한 장을 올렸다. 엄마가 등을 구부리고 손에는 책을 들고 읽고 있는 모습이었다. 손에 들린 책은 너무나 낯익은 그 표지 『인생 꽃을 피우는 시간』. 외가에 간 딸이 책을 읽는 할머니 모습이 신기하다며 몰래 찍은 사진이었다. 그제야 알았다. 엄마는 혼자 읽고 계셨다는 것을. 차마 누구 앞에서는 펼칠 용기가 나지 않았다는 것을. 어떤 이야기가 나올지 가슴이 쿵쿵 뛰어 무섭기까지 했다는 말을 뒤늦게 들었다. 긴장과 두려움, 설렘과 조심스러움이 한꺼번에 얽힌 감정이었다. 나는 그 마음을 읽어내지 못했다. 그저 옆으로 밀쳐둔 책만 보고 서운했다. 집에 돌아간 뒤에야 엄마는 천천히 앉아 책을 펼쳤다고 한다. 다음 날도, 또 그다음 날도. 처음에는 혼자만 읽다가, 어느 순간 딸아이 앞에서도 자연스레 페이지를 넘기게 되었다고 한다. 사진 속 엄마는 한 글자씩 또박또박 따라 읽고 있었다. 지금까지 한 번도 보지 못한 장면이었다. 엄마의 인생을 누군가 글로 써주는 일, 그것은 생각보다 훨씬 큰 떨림을 동반하는 일이었다.

멋진 문장을 만들어낸 것은 아니었다. 그저 내 안에 있는 엄마의 기억들을 조심스레 꺼내 적었을 뿐이었다. 그런데 글은 묘하게도 나를 다시 만들었다. 엄마의 삶도 내 글을 통해 새로운 모습으로 세상에 다시 서게 되었다. 그 경험을 지나며 처음 깨달았다. 기록은 또 하나의 생명을 만들어낼 수 있는 힘을 가진다는 것을. 어쩌면 그때부터였을 것이다. 책에 밑줄을 긋기 시작한 이유가. 누군가의 말, 누군가의 문장에서 내 삶의 한순간을 오래 붙잡아두고 싶은 마음이 생겼다. 밑줄이라는 행동이 결국 사랑의 한 형태라는 걸, 나는 이미 알고 있었는지도 모른다.

내 삶에서도 그런 순간들이 있었다. 기억해야 했던 장면들, 오래 마음에 담아두어야 할 얼굴들, 떠오르면 마음이 따뜻해질 수 있었던 말들. 그 모든 것들을 밑줄 치지 않은 문장들처럼 흘려보내며 살아온 건 아닐까. 중요한 것은 줄을 긋는 행위가 아니라, 밑줄을 그을 만큼 마음이 움

5.
첫 만남의 소중한 기억

김진하

"있는 그대로를 온전히 받아주면 자꾸 바꾸라고 강요하지 않아도 때가 되면 스스로 알아서 변화하려고 합니다. 누군가를 변화시키고 싶다면 있는 그대로의 모습을 먼저 수용하고 그 마음을 헤아려주세요."

『고요할수록 밝아지는 것들』, 혜민, p.71

출렁이는 바다, 파란 물에서 은빛 물고기 떼가 헤엄치고 있습니다. 햇빛에 반짝이는 모습을 보니 절로 마음이 편안해집니다. 그러다 갑자기 솟구쳐 오르더니 빠르게 회오리쳐 내 배로 들어옵니다. 깜짝 놀라 잠에서 깼습니다. 처음 꾼 태몽입니다.

결혼하면 바로 아이가 생길 거로 생각했습니다. 하지만 뜻대로 되지 않았습니다. 서로 다른 가족 계획 때문이었죠. 신랑은 둘이 열심히 벌어 집을 산 후 아이를 갖길 원했습니다. 그래도 혹시나 하는 마음에 매달

임신 테스트기를 샀습니다. 하지만 별일 없는 몇 달이 흐르고, 마음을 내려놓게 되었어요.

하루는 TV를 보다 무심코 거실에 있는 체중계에 올라갔는데. 헉. 2kg이나 늘어난 몸무게. 바로 살 빼기에 돌입했습니다. 굵은 봉 박힌 훌라후프를 사서 퇴근하고 30분씩 열심히 돌렸습니다. 무거운 봉에 닿은 배는 빨갛고 살짝 멍이 들었어요. 2주가 지나자 1kg 정도 빠졌습니다. 하지만 안 하던 운동을 해서 그런지 몸이 너무 피곤했습니다. 시도 때도 없이 졸리고요. 방심하던 사이 생리 예정일이 열흘은 지나 있었습니다. 설마 하고 검사를 했더니 선명한 빨간색 두 줄.

놀래켜 주려고 신랑에게 말하지 않았습니다. 휴가 내고 집 근처 산부인과를 찾았어요. 두근두근 설렜습니다. 먼저 간단한 문진과 검사를 하고 진료실로 들어갔습니다. 초음파 기기로 진찰하던 의사의 표정이 굳기 시작했습니다. '임신입니다.' 하고 축하해 줄 것으로 기대했는데 무슨 일일까요.

"임신이긴 한데 2~3일 내로 쏟아질 것 같네요. 여기 까맣게 된 부분 보이시죠? 이게 다 피가 고인 거예요."

의사가 화면을 가리켰어요. 아주 작은 점. 그 아래쪽에 검은 그림자가 큰 파도처럼 넘실거렸습니다. 너무 기가 막혔습니다. 눈물만 났어요. 그토록 바라던 첫 임신인데 왜 이렇게 된 건지. 집에 돌아와 망연자실, 퇴근하는 신랑을 기다렸습니다.

막상 신랑 얼굴을 대하니 또 울컥했습니다. 기어들어 갈 것 같은 목소리로 겨우 말했습니다. 임신했는데 며칠 내로 유산될 것 같다고. 신랑은 병원에서 찍어온 초음파 사진을 받더니 한참을 들여다봤습니다.

의사는 하혈하면 바로 오고, 아니라도 일주일 후에 다시 오라고 했습니다. 그동안 누워만 있는 건 도움이 안 되니 평소처럼 생활하라고 일러주었습니다. 회사에서 조심히 움직였습니다. 자주 보건실 침대에 누웠고요. 살얼음판 같은 시간은 더디게도 갔습니다. 간혹 배가 콕콕 쑤시고 아프면 모든 움직임을 멈추고 떨어야 했습니다.

신랑과 함께 다시 찾은 병원. 초음파에 잡힌 아기집은 처음보다 열 배는 더 커져 있었습니다. 피 뭉치는 절반으로 줄었고요. 다행히 아기가 자리를 잡은 것 같다는 의사의 말에 신랑과 두 손을 꼭 잡았습니다. 그제야 웃을 수 있었죠. 피검사 두 번에 양수 검사까지 받으며 임신 중기가 지났습니다. 체중이 확 늘어야 할 막달, 아기 몸무게가 1.8kg에서 정체되었어요. 이대로는 아기가 힘들다며 유도분만에 들어갔습니다. 2박 3일을 진통했지만 실패. 퇴원하고 간 친정에서 양수가 터졌습니다. 응급으로 친정집 근처 차병원에 입원했습니다. 거기서도 이틀을 꼬박 아픈 후에야 2.5kg의 날씬한 왕자님을 만날 수 있었습니다.

힘들게 낳은 아들은 활발하고, 장난기 많았습니다. 맞벌이하느라 4살 때까지 친정 부모님 손에서 자랐습니다. 가족 모두 아예 친정에 들어가 살았어요. 3년 터울 둘째를 낳고 휴직을 냈습니다. 본격적으로 육아 전쟁이 시작되었죠. 갓 태어난 아기와 있으니 첫째가 얼마나 커 보이던지. 자주 혼냈어요. 진중하고, 의젓했으면 하는 기대가 있었거든요. 형이니까 모범을 보였으면 좋겠는데 동생과 똑같이 장난치면 속이 터졌어요.

"누구를 닮은 거야? 난 어렸을 때도 얌전했다고. 당신 닮은 거 아냐?"

내가 탓하면, 남편은 자기도 안 그랬다고 받아칩니다. 성격 급한 부모와 달리 느긋하고 유유자적한 모습까지. 빠릿빠릿해도 힘든 세상을 어떻게 헤쳐나갈지요. 틈만 나면 신랑과 머리 맞대고 큰아들 걱정을 했습니다.

20년이 흘러 지금은 신랑과 둘이 있습니다. 둘째는 군대, 첫째는 친구 집에 한 달 살기 하러 갔습니다. 요새 신랑은 〈서울 자가에 대기업 다니는 김 부장 이야기〉라는 드라마에 폭 빠져 삽니다. 덩달아 같이 보게 됩니다. 주인공 김 부장(아버지)은 충직한 회사원입니다. 성실하고요. 하지만 하나뿐인 아들과 소통이 어렵습니다. 잘 들어보지도 않고 큰 소리 내기 일쑤고요.

신랑에게도 드라마 속 김 부장이 보일 때가 있습니다. 지시하고 지적하는 권위적인 모습이요. 옆에서 지켜보며 관계가 어긋날까 봐 조마조마했습니다. 관심과 애정이 잘 전달되려면 서로 긍정적인 경험이 쌓여 있어야 할 텐데. 쉴 새 없이 바쁘게 달려온 신랑입니다. 그러느라 가족 여행이나 학교 행사에 빠질 때가 많았죠. 잔소리는 주로 첫째에게 집중됩니다. 원하는 걸 말하면 좋으련만 생각할 수 있는 최악의 상황을 말하는 신랑.

엄마도 별다르지 않습니다. 주변에선 상담사니 잘 들어주고 지지만 해 줄 것 같다고 합니다. 하지만 상담사도 엄마라 아들에 대한 기대는 마찬가지입니다. 남편보다 먼저 조곤조곤 조언하고, 싫은 소리 할 때도 많습니다.

처음 아이가 생긴 걸 알았을 때, 우리는 그저 태어나 주기만을 기도했습니다. 바라는 건 아무것도 없었어요. 기적처럼 건강하게 태어난 아들. 키우다 보니 욕심이 더해집니다. 높은 성적, 좋은 직장, 능력 있는 사람이 되라고 재촉하니까요.

우리 클 때 부모님은 빠른 길을 알려주지도, 인생 조언을 자주 하지도 않았습니다. 조금만 잘해도 칭찬하고 북돋아 준 게 전부입니다. 그 응원에 힘 받아 좀 힘들어도 잘 견디며 나아갔습니다. 우리 아들에게도 그런 기다림의 시간이 필요할 건데. 너무 조급하기만 했습니다.

이제 사회에 조심스레 첫발을 내디딜 첫째. 아들을 믿고 묵묵히 응원해야겠습니다.

첫 만남의 소중함을 기억하며.

"우리 아들! 잘하고 있어!"

6.
경쾌한 꽹과리 응원

서림승희

"노력을 한다고 해도 마음처럼만은 되지 않는 일들이 많은 세상에서 달리기
는 자기가 노력한 만큼, 꾸준히 한 만큼 결실을 보여주는 정직한 운동입니다."

『인생에 달리기가 필요한 시간』, 권은주, p.33

마라톤 대회 신청하면 현미와 나는 한 달에 한두 번 만나 달리기 연습
한다. 가만히 있어도 땀이 줄줄 흐르는 시간을 피해 저녁 7시경 만났다.
준비운동 하며 요즘 지내는 이야기를 했다. 현미네 가족 이야기는 활기
넘치는 엄마 근황으로 이어졌다. 현미네 엄마는 평생교육원 수업을 듣
는데 만족도가 높다고 했다. 현미 이야길 들어보니 천안에는 다양한 평
생교육기관이 있다. 평일 저녁 시간 강좌가 있을지 궁금했다. 집과 가까
운 평생교육원 사이트를 검색했다. 평일 오전과 하교 후 아이를 위한 오
후 강좌는 수십 개다. 관심 있는 강좌는 오전 시간에 있고 그나마 퇴근

후 참여 가능한 야간강좌는 단 3개뿐이다. 댄스스포츠. TV에서 반짝이는 의상을 입고 두 사람이 멋지게 추는 걸 본 적 있다. 눈이 초롱초롱 빛났다. 접수 시작일 첫날로 핸드폰 알람을 맞췄다. 알람 울리자마자 마우스 클릭! 오픈런 했다. 댄스스포츠 신청하고 입금 완료. 설레는 마음은 잠깐. 바쁜 일상에 신청한 것도 잊고 있었다.

일찍 도착해 강의실 의자에 앉아 핸드폰으로 검색하며 기다렸다. 시간이 되니 한 명, 두 명 도착했다. 사람들 손에는 주머니가 하나씩 들려 있었다. '준비물 알려줬나. 댄스화를 가져오다니. 담당자에게 연락해서 확인해야 했나.' 발을 보니 나와 신규 회원 1명만 맨발이다. 잘 지냈느냐며 서로 반갑게 인사했다. 상반기에 수강한 회원이 대부분이고 신규 회원은 4명. 강사는 20대 후반의 여성. 댄스스포츠 선수 출신이라 했다. 천천히 따라 하면 어렵지 않다고 여러 번 강조했다.

마음은 연습실을 누비고 다니는데 허리를 꼿꼿하게 세우기도 힘들다. 휘청휘청. 강사의 몸짓을 따라 움직이는데 마음처럼 안 된다. 발이 엉키는데, 팔도 엉킨다. 이런… 큰일이다. 냉방을 해 시원한데도, 땀이 흐른다. 따라가려고 했는데 너무 빨랐다. '삼바' 한 타임 끝나고 '자이브'로 넘어갔다. 두 댄스의 차이를 모르겠다. 헤매다 끝났다.

강사가 진도 나간 율동을 동영상 촬영해 오픈채팅방에 올렸다. 일주일 동안 연습해 오라고 했다. 하면 될 것 같은데. 어렵지 않은데. 왜 안 되는지. 두툼한 겨울옷 입은 것처럼 마음이 무거웠다.

집에 도착하니 밤 9시. 늦은 시간이라 잠깐 걷고 올 생각하고 나갔다. '처음 배우는데 첫날부터 잘하면 천재지. 연습하면 좋아질 거야. 내일은 댄스화 주문하자. 재미있게 하면 돼.'

생각 정리하며 걷는데 속도가 붙어 천천히 뛰었다. 어제는 혼자 뛰는 게 허전했는데 오늘은 달랐다. 시간제한 없고 파트너 없어도 문제없다. 동작을 익히려 애쓰지 않아도 된다. 무거웠던 마음이 가벼워지고 달리는 동안 상쾌했다.

일주일 뒤. 인터넷으로 배달된 댄스화를 챙겼다. 오늘은 정신 차리고 따라 하겠다고 마음먹었다. 동작을 익히기 전 다음으로 넘어갔다. 강사 구령에 따라 개별연습하고 두 명씩 마주 섰다. 낯선 사람과 마주 보는 게 어색했다. 긴장하여 어깨와 목 근육이 뻣뻣해졌다. 혼자 연습할 때보다 더 갈팡질팡. 애먼 머리만 긁적이다 다음 사람과 인사했다. 알 듯 말 듯. 될 듯 말 듯. 파트너의 연습 흐름을 끊는 것이 미안했다. 실수가 반복되자 연습이 부담됐다. 벽에 걸린 시계를 힐끔거렸다.

쉬는 시간에 조용히 푸념했다. 왼편에 앉은 회원이 고개를 슬쩍 돌려 보며 말했다.

"수업 진도가 빠른 편이야. 사설 학원은 주 2~3회씩 수업해. 다른 사람들은 상반기에 배워서 쉽게 하는 거야.”

다른 회원은 처음이라 그렇다고. 조금만 하면 음악에 맞춰 몸이 움직인다고 했다. 양쪽에서 위로했지만 마음은 더 무거워졌다. 수업을 마치며 강사가 말했다.

“한 달 뒤 평생교육원 축제가 있어요. 아시죠? 다 같이 무대에 오릅니다. 2~3곡 준비할 거예요. 빠지시면 안 돼요.”

회원들은 신났다. 아. 여기까지구나. 내 실력은 초보반에 가야 했는데. 반이 하나여서 선택할 수 없었다. 스포츠댄서의 꿈과 미련 없이 이별했다.

댄스스포츠를 경험하고 러닝에 호감이 생겼다. 내 의지만 있으면 할 수 있는 운동. 3년 전 지인들과 마라톤을 시작했다. 운동보다 놀러가는 게 목적이었다. 여러 대회 참여해 보니 제대로 도전하고 싶었다. 하지만 혼자 하는 연습은 어려웠다. 이런저런 핑계로 미뤘다. 대회 접수 후 겨우 서너 번 연습하는 게 다였다. 어디서 들었는지 기억나지 않지만 10㎞를 잘 뛰려면 하프를 뛰면 된다고 했다. 일리 있는 말 같아 하프 완주를 목표 삼았다. 인터넷 검색하니 매일 하는 러닝은 해롭다 했다. 하루 뛰면 하루는 휴식을 권유했다. 근육이 쉬어야 회복된다는 이유다. 하루만 쉬어야 하는데, 쉬는 날이 마냥 길어졌다. 규칙적인 연습이 안 됐다.

유튜브에서 마라톤 훈련 영상을 검색했다. 왜소해 보이는 체격과 조용한 말투. 선수 출신 마라토너 권은주 영상이 눈에 들어왔다. 어떤 조언을 할지 궁금했다. 회사 자료실에서 책을 대출해 읽었다. 직업이 마라토너도 아니고 누가 시켜서 뛰는 것도 아닌데 즐겁게 뛰라고 했다. 즐거운 표정으로 뛰는 모습을 떠올리니 왠지 가볍게 뛸 수 있을 것 같았다. 그리고 매일 꾸준히 하면 된단다. 단, 거리와 속도를 조절하며 뛰라고 했다. 매일 뛰면 근육에 안 좋다 했는데. 괜찮을까. 반신반의한 상태로 일단 나갔다. 두 달 만에 뛰는 거라 3㎞ 뛰었다. 다리가 무거웠지만 속도 생각 안 하고 뛰었다. 5일 연속 3㎞ 뛰었다. 호흡이 덜 가쁘고 발이 가벼웠다. 1㎞를 늘려 뛰었다. '어! 이게 되네.'

믿음이 생겼다. 다음 날 5㎞ 뛰었다. 무리라 생각했는데 완주했다. 신기했다. 3주를 매일 뛰었다. 운동하러 나갈 때 기대가 됐다. 이쪽, 저쪽 코스를 바꿔가며 뛰었다. 10㎞ 도전. 와! 연습인데 10㎞를 뛰다니. 과연 마라톤은 연습한 만큼 결과가 나왔다. 하면 된다는 확신이 생겼다.

'청원 생명쌀 대청호 마라톤 대회.' 10㎞까지는 뛸 자신 있는데 과연 몇 ㎞까지 가능할까. 오전 7시 이후 그친다던 비는 계속 내렸다. 연습 때 듣던 오디오북을 켰다. 코스가 어렵다고 하더니 출발부터 심상치 않다. 출발하고 이십 분 뒤 비가 그쳤다. 거추장스러운 우비를 벗어 돌돌 말아 길가로 던졌다. 한적한 시골길. 동네 어르신들의 꽹과리 응원이 경쾌했다. 이른 시간부터 준비하셨을 마음에 감사했다. 호수가 보이는 청남대가로수길. 예뻤다. 바람이 분다. 나뭇잎 흔들리는 소리. 커다란 나뭇잎에 고였던 빗방울이 후드득 떨어진다. 나뭇잎 사이로 비치는 햇살. 함박웃음이 지어졌다. 숨이 턱턱 차오르는데 행복했다. 뛰고, 뛰고. 뛰다 보니 18㎞ 지점까지 뛰었다. 뛰어서 완주할 수 있다는 희망이 생겼다. 아자! 기분 좋게 뛰는데 턱 하니 나타난 오르막길. 또. 오르막! 다리 힘이 풀렸다. 아쉬움에 눈물이 찔끔 났다. 스무 걸음 걷고 이를 악물었다. '다 왔어! 이제 오르막 없어. 파이팅!' 소리치며 뛰었다. 놀라웠다. 울고 싶을 정도로 몸은 힘든데 행복했다.

지금껏 노력한 만큼 결과가 나온 것도 있고 그렇지 않은 것도 있었다. 마라톤처럼 노력에 따른 결과의 차이가 확연하게 드러나는 것은 처음이다. 매일 운동하는 사람을 이해하기 어려웠다. 어떻게 저럴 수 있지. 희한한 사람이라 생각했다. 계절이 바뀌면서 퇴근 후 매일 러닝을 못한다. 그러면 몸도 맘도 찌뿌둥하다. 서랍장 열고 운동복을 꺼낸다. 운동복을 입으면 기분 좋은 흥분에 발걸음이 가볍다. 현관문을 힘차게 연다. 엘리베이터 안 거울을 보며 씩 웃는다. '나 쫌 달리는 여자야!'

7.

체크박스를 지우고 마주한 일상의 여백

쓰꾸미

"단순함은 궁극의 정교함이다."

레오나르도 다 빈치

손목 위에서 스마트 워치가 짧게 진동한다. 오후 8시. '영어 단어 암기'를 수행할 시간이라는 알림이다. 거실 소파에 앉아 있던 내 몸이 조건 반사처럼 움찔한다. 곁에는 딸아이가 앉아 있다. 아이는 넷플릭스에서 배구 애니메이션 〈하이큐〉를 보자며 리모컨을 들고 내 쪽으로 몸을 기댄다. 내 눈은 아이를 향해 웃고 있지만, 신경은 온통 손목의 미세한 떨림과 주머니 속 스마트폰 화면에 쏠려 있다. 습관 관리 어플 '마이해빗'의 화면을 굳이 켜보지 않아도 안다. 스무 개의 습관 목록 중 아직 네 개가 회색 빈칸으로 남아 있다. 영어 단어 10개 외우기, 블로그 글쓰기, 내일의 계획 세우기, 그리고 스트레칭. 이것들을 잠들기 전까지 끝내지 못하면, 오늘 하루 내 성취율은 100%가 되지 않는다. 연속 달성 기록이 깨지고, 화면에는 붉은색 '실패' 표식이 남을 것이다. 자기 계발을 위해, 더 나은 사람이 되기 위해 설치한 도구가 어느새 나를 감시하고 옥죄는 간수가 되었다. 아이의 체온이 닿아 있는 평온한 저녁 시간마저, 쫓겼다.

도대체 어디서부터 잘못된 것일까. 기억을 더듬어 유튜브 채널 〈미미미누〉에서 보았던 한 장면이 떠올랐다. 영상 속 'N수의 신'에 등장한 한 학생의 교과서는 검게 죽어 있었다. 학생은 공부를 열심히 했다는 증거라며 교과서를 내밀었다. 처음에는 샤프로 밑줄을 긋는다. 그 위에 빨간 볼펜으로 덧칠한다. 마지막에 형광펜으로 문질러 종이는 본래의 하얀색을 잃고 쭈글쭈글해졌다. 텍스트는 잉크에 짓눌려 숨을 쉬지 못했다. 학생은 그것을 '치열한 공부'라고 믿었지만, 전문가는 그것을 '불안한 노동'이라 진단했다.

"이건 공부가 아닙니다. 그냥 칠하기 놀이입니다. 무엇이 중요한지 모르니까 불안해서 다 칠한 거예요."

그 냉정한 진단이 비수처럼 내 가슴을 찔렀다. 검게 죽은 학생의 교과서가 마치 내 인생처럼 보였다.

독서 습관도 다르지 않았다. 독서와 친숙하지 않았던 시절, 무엇이 중요한지 몰라 책의 거의 모든 문장에 밑줄을 그었다. 한 페이지에 밑줄이 다섯 개 이상 그어지지 않은 곳이 없었다. 작가가 쓴 모든 문장을 내 머릿속에 집어넣고 싶었다. 지적 호기심이라기보다는 탐욕이었다. 밑줄을 긋지 않으면, 문장이 휘발되어 사라질까 두려웠다. 책의 윗단이나 아랫단을 접는 '도그 이어(Dog ear)'도 남발했다. 조금이라도 좋아 보이면 접었다. 책을 다 읽고 나면, 책입은 물을 잔뜩 머금은 다섯 살 아이 볼처럼 부풀어 올랐다. 책 위로 형형색색의 포스트잇이 깃발처럼 삐져나와 책장의 높이를 넘어서곤 했다. 누가 보면 엄청난 연구를 한 학자의 책처럼 보였다. 실상은 아무것도 버리지 못한 자의 짐으로 가득 차, 누울 곳조차 없는 방 안이나 다름없었다. 생각의 틀이 없으니, 무엇을 받아들이고 무엇을 흘려보낼지 결정할 수 없었다.

가치를 구별하는 눈이 없는 자에게 선택은 고통이었고, '전부 선택'이라는 가장 게으른 방법을 선택했다.

게으른 욕심은 책을 넘어 일상으로 전염되었다. 일상에도 닥치는 대로 밑줄을 긋기 시작했다. 자기 계발서와 재테크 서적을 읽으며 좋다는 습관은 모조리 수집했다. 괜찮아 보이는 습관 어플을 내려받았다. '이해하기'를 넘어 '실천하기'로 가겠다는 비장한 각오였다. 처음 어플의 '추가(+)' 버튼을 누르는 순간은 쇼핑 카트에 물건을 담기처럼 짜릿했다. 하루를 스무 개의 과업으로 쪼개어 채워 넣었다. 일어나서 이불 개기, 양치질, 공복 유산균 섭취, 거울 보며 웃기, 확언하기, 명상 10분, 감사 일기 3줄, 퓨처셀프(미래의 내 모습) 쓰기, 영어 단어 암기, 5km 달리기, 책 필사, 독서 30분, 가족에게 사랑 표현하기, 미국 주식 시황 체크, 블로그 포스팅, 근력 운동, 폼롤러 스트레칭, 다이어리 정리, 듀오링고. 목록을 다 채우고 나니 화면이 꽉 찼다. 한참 내려야 끝이 보였다. 리스트를 보는 것만으로도, 난 이미 성공한 사람이었다.

첫 한 주일은 환상적이었다. 알람이 울릴 때마다 기계처럼 움직여 할 일을 해치웠다. 회색 빈칸이 '완료' 체크박스로 바뀔 때마다 짜릿했다. 스무 개의 완료 박스로 가득 찬 화면을 보며, '오늘 하루를 완벽하게 통제했다.'라는 승리감에 도취하며 잠들었다. 하지만 일상은 변수의 연속이다. 회사에서 예기치 않은 회식이 잡히거나, 야근으로 몸이 녹초가 된 날이면 시스템에 균열이 생겼다. 사회생활은 내 성장만큼이나 중요했기에 거부할 수 없었다. 집에 돌아오면 밤 10시. 남은 과업은 여덟 개. 전쟁, 시작이었다. 옷도 갈아입지 못한 채 허둥지둥 책을 펴고, 졸린 눈을 비비며 억지로 명상했다. 아이들이 놀아달라고 다가오면 "아빠 지금 이거 해야 해, 잠깐만."이라며 밀어냈다. 목록에 있던 '가족에게 사랑 표현하기'를 완수가 부끄러울 정도로, 역설적으로 가족을 밀어내는 촌극이 벌어졌다. 알람은 더 이상 나를 돕는 비서가 아니었다. 일상의 여유를 난도질하는 칼날이었다. 상처가 채 아물기도 전에 다음 알람이 날아와 꽂혔다. 하나라도 놓치면 실패했다는 패배감이 늪처럼 나를 빨아들였다. 우선순위가 꼬였다. 내가 습관을 관리하는 것이 아니라, 습관이 나를 사육하고 있었다. 꽉 채워진 하루에는 '나'는 없고 '할 일'만 남았다.

숨 막혔다. 우울감이 턱끝까지 차오른 어느 주말 아침. 운동화 끈을 매고 밖으로 도망쳤다. 뛰었다. 앱에 기록하기 위해서가 아니라, 늪에서 빠져나오기 위해 달렸다. 심장이 터질 듯 박동하고, 폐가 찢어질 듯한 고통이 밀려오는 한계점을 넘어서자, 머릿속을 꽉 채우고 있던 강박들이 하나둘 떨어져 나갔다. 육체의 고통은 정직했다. 숨을 쉬는 것, 다리를 뻗는 것 외에는 아무것도 중요하지 않았다. 단순한 고통 속에서, 비로소 냉정해질 수 있었다. 땀에 젖은 채 벤치에 앉아 스마트폰을 꺼냈다. 습관 어플을 켰다. 그리고 떨리는 손가락으로 하나씩 지우기 시작했다. 이불 개기 삭제. 굳이 어플로 관리하지 않아도 할 수 있다. 거울 보며 웃기 삭제. 억지웃음은 의미 없다. 듀오링고 삭제. 지금 당장 급하지 않다. 스무 개였던 목록이 다섯 개로 줄어들었다. 화면에 하얀 여백이 생겼다. 여백이 비로소 숨구멍처럼 느껴졌다. 불안하지 않았다. 오히려 후련했다. 포기한 것이 아니라, 선별하였다.

집으로 돌아와 딸아이가 거실에서 배구공을 안고 있다. "아빠, 나 이제 배구선수가 될 거야. 김연경처럼." 불과 일주일 전, 과학 수행평가를 보았다. 하나 틀린 문제를 억울해하며 재시험을 보겠다고 했었다. 과학고에 가겠다며 재시험을 치른다고 했었다. 그런데 일주일 만에 꿈이 바꿔었다. 예전 나였다면 "끈기가 없다."라며 혀를 찼을지도 모른다. 하지만 지금은 다르게 보인다. 아이와 함께 배구공을 들고 놀이터로 나갔다. 서툰 리시브에 딸의 가느다란 팔뚝이 붉게 부어올랐다. 배구공의 묵직한 중력이 살에 꽂힐 때마다 둔탁한 소리가 났다. 아이는 아프다는 소리 대신 까르르 웃음을 터뜨렸다. 딸은 지금 인생이라는 책을 훑어보는 중이다. 과학고라는 문장에 밑줄을 그어봤다가, 아니라는 걸 알고 지우개로 지웠다. 그리고 지금은 배구라는 문장에 형광펜을 칠해보고 있다. 변덕이 아닌, 자신에게 맞지 않는 것을 삭제해 가는 적극적인 탐색이다. 딸은 본능적으로 알고 있는 것 같다.

딸에게서 배웠다. 인생은 교과서의 모든 줄에 밑줄을 긋는 작업이 아니다. 나에게 꼭 필요한 문장, 지금 내 가슴을 뛰게 하는 문장을 찾아내는 작업이다. 중요하지 않은 문장들을 과감히 지나칠 용기가 필요하다. 이제 책을 읽을 때 펜을 함부로 들지 않는다. 서문을 읽고, 목차를 살피고, 마음을 울릴 때까지 기다린다. 그리고 정갈하게 밑줄을 긋는다. 루틴도 마찬가지다. '덜 중요한 것을 하지 않는 철학'을 내 일상에 들이기로 했다. 스무 개의 얕은 웅덩이를 파는 대신, 다섯 개의 깊은 우물을 파기로 했다. 여백이 생긴 하루에는 멍하니 창밖을 보는 시간도, 아이의 배구공을 받아주는 시간도 들어갈 자리가 생겼다.

손목에서 다시 진동이 울린다. 영어 단어 외우기다. 화면을 덮는다.

그리고 놀이터 바닥에 앉아 딸이 띄워 올린 배구공을 바라본다. 공이 허공에 멈춘 듯한 그 짧은 순간, 외우지 않았지만, 만족한다. 습관 어플에 할 일이 남았다. 하지만 괜찮다. 빈칸은 실패 흔적이 아니다. 스스로 지켜낸 여유, 그리고 내 일상의 진짜 중요한 것들이 머물다가 간 자리다. 덜어내고, 지우고, 남겨진 것들을 사랑하는 법을 배운다.

8.
나를 달리게 한, 책 한 권

전길자

"좋다~! 이 순간, 심장박동과 발소리만이 선명한 이 모든 느낌이 정말 좋았다. '천천히 그리고 꾸준히 나가면 돼. 딱 지금처럼.'"

『연희동 러너』, 임지형, p.216

　책을 읽고 책 내용을 온전히 습관으로 만든 적이 있다. 2025년 9월에 읽은 『연희동 러너』. 이 책을 읽고 나서, 행동했다. 바로 걷고 달리게 된 것이다. 생각지도 못한 일이다. 40년 넘게 자기계발서를 읽었다. 고치고 싶은 습관이 있을 때 자기계발서의 필요한 부분만 읽고 실천하려고 노력했었다. 그런데 그게 말처럼 쉽지 않았다. 자기계발서를 읽고도 실천하지 못한 달리기. 소설책을 읽고 시작했다는 사실이 신기하기만 하다. '어떻게 이럴 수 있지?'

한동안 젊은이들 사이에서 골프가 유행이라는 말을 듣고 쓸데없는 걱정을 했다. 비용이 많이 들어가는 운동이라 과소비에 빠지지 않을까 하고 말이다. 그에 비해 달리기는 긍정적이었다. 운동화와 편한 옷만 입으면 바로 뛸 수 있기 때문이다. 요즘 젊은이들 사이에 달리기가 유행이라는 말을 듣고 반가웠다. 몸과 마음 건강을 챙길 수 있는 운동이니 환영할 만한 일이었다. 그런데도 남의 일이라 여겼다. 내가 뛸 생각은 못 했다. 남들이 아무리 러닝을 해도 나는 평소 즐겨하던 독서를 놓지 않았다.

주말이면 여유롭게 책을 읽는다. 책을 읽다가 눈에 들어온 문장이 있다.

"노년은 갑자기 온다. 생각처럼 서서히 오지 않는다."

에밀리 디킨슨

어느덧 50하고도 중반이 넘었다. 젊은 모습 그대로인 줄 알았다. 바쁘게 지나온 과거를 떠올려 보았다.

40대. 사기를 맞아 돈을 벌어야 했다. 잠자는 시간을 빼고는 밤낮없이 돈만 벌었다. 일만 했더니, 급기야 몸이 급속도로 나빠졌다. 이러다가는 안 되겠다 싶어 산악회를 찾아봤다. 온라인에서 회원들이 가장 많다는 '3040 다음매일' 산악회에 가입했다. 다른 건 몰라도 출석은 자신 있었다. 가입 후 매주 일요일마다 산에 갔다.

첫 산행지는 삼악산이었다. 얼마나 숨이 차던지 저질 체력을 절감한 날이었다. 그래도 포기하지 않고 매주 등산하다 보니 체력이 조금씩 늘었다. 급기야 험하다고 하는 '악' 자가 들어가는 산도 가볍게 다닐 정도가 되었다. 산악회 총무까지 맡게 되었다. 그 일을 하는 동안 즐거웠다. 차 안에서 레크레이션도 하고, 선물도 준비해서 산우들과 함께 나누었다. 100대 명산 찍기라는 목표도 세워 보았다. 4년 가까이 산을 다니면서 우리나라 아름다운 산을 누볐다. 저녁에 퇴근을 하고 다니는 야등부터, 무박으로 가는 등산까지. 심지어 추운 겨울에 가는 겨울 산행도 겁 없이 다녔다. 산의 맑은 공기가 좋았고, 산행하는 산우들도 좋았다. 사진에 취미가 있는 산우들이 많아 사진도 신나게 찍었다. 그때 찍은 사진이 여태껏 내가 기억하는 가장 건강하고 이쁜 때가 아닌가 싶다. 등산을 할수록 건강해지는 내 모습에 행복했다.

그러던 어느 날, 하산을 하는데 왼쪽 무릎이 이상했다. 몸이 적신호를 보낸 것이다. 건강 걱정에 그 후로는 등산을 접었다. 그저 아프지 않은 것만으로도 건강한 것이라 여겼다.

등산과 이별 후 소소하게 할 수 있는 운동을 했다. 요가, 필라테스, 보건소에서 진행하는 건강 프로그램 등. 무리하지 않고 할 수 있는 운동으로 만족하면서 지냈다.

그런데, 『연희동 러너』를 읽고 달리기를 시작했다. 달리기는 젊은이들이야기인 줄 알았다. 나와는 상관이 없다 생각했는데 생각이 바뀌었다. 책장을 덮고 나서, '나도 한번 달려볼까?'라는 생각을 하게 된 것이다.

운동화를 신고 천안천으로 나갔다. 처음부터 달리기는 부담스러워 내 체력에 맞춰 걷기부터 시작했다. 마침 『연희동 러너』를 읽으면서 함께 달리는 프로그램인 "아보하 러너스"에 참여 신청을 해 놓은 터였다. 책을 읽고, 그날 운동한 것을 인증했다. 런데이 앱을 켜고 운동하는 크루들이 있으면 하트를 누르며 응원의 메시지를 남겼다. 게으름을 피우려 해도 날마다 인증해야 한다는 생각에 밖으로 나가 달렸다. 달리기는 나 혼자 해도 좋지만, 함께 하면 시너지 효과가 있는 운동이라는 걸 깨달았다. 한 달 동안 행복한 달리기를 하고 나니, 좋아진 체력에 기분이 좋았다. 달리기를 하다 보니, 문득 옛날 생각이 났다.

초등학교 운동회의 꽃은 달리기다. 특히, 단거리 달리기를 하려고 출발선에 서면 심장의 울림이 운동장을 흔들 정도였다. 나는 6학년 때 딱 1번만 빼고 늘 1등을 했다. 왼쪽 팔목에 1등이라는 스탬프를 받고, 상으로 노트를 받았다. 기분이 최고였다. 금메달리스트의 금이 부럽지 않은 시절이었다. 달리기는 내가 체육을 좋아하게 된 계기였다.

서울에 상경해서 대기업을 다닐 때도 체육대회를 했다. 신입사원으로 처음 참석한 체육대회. 그곳에서도 마지막은 달리기였다. 우리 팀이 꼴찌로 달리고 있었는데, 바톤을 받은 내가 번개처럼 뛰어가서 역전을 시

켰다. 그때 사람들의 환호성이 지금도 들리는 듯하다. 37년이 지난 일
인데도 생생하다. 생각만 해도 가슴이 벅차다. 그 정도로 달리기는 나의
기쁨이었다. 그런데, 달리기를 잊고 있었다. 내가 이래 봬도 한때는 달
리기를 좋아했던 사람이었는데 말이다.

세상 모든 일은 우연히 찾아온다고 했던가? 상상스퀘어에서 처음으로
국내 소설을 출판한다는 소식을 들었다. 『연희동 러너』는 그렇게 만난
책이었다.

"달리기는 내 안의 숨겨진 나를 다시 불러냈다. 처음엔 단지 땀을 흘리는
행위였고, 머릿속을 비우기 위한 도망이었다. 하지만 매일 몇 킬로씩 내 발
로 길을 밀어내다 보니, 내 삶 전체의 균형이 조금씩 바뀌었다."

『연희동 러너』, 임지형, p.257

책 속에서 만난 이 문장이 오랫동안 달리기를 잊고 있던 나를 다시 달
리게 했다. 첫 일주일은 걷기만 했다. 그다음 일주일은 1분 뛰고, 1분 걷
기를 했다. 지금은 20분 뛰고 5분을 걷는다. 하루하루 조금씩 시간을 늘
리면서 달리고 있는 나를 발견한다. 소설책 한 권 덕분에 생각지도 못한
달리기를 할 줄이야. 엄두도 안 났던 달리기였다. 그 달리기를 하고 있
는 지금의 나. 책에게 고맙다. 소설을 써준 임지형 작가에게 감사하다.

자기계발서만 40년 가까이 읽었는데, 내 삶을 변화시킨 책은 정작 소설책이었다. 다양한 분야의 책을 봐야 할 이유다. 별생각 없이 우연히 만난 책 한 권으로 이렇게 바뀔 수가 있다니. 책은 나의 친구이자, 연인이자, 스승이다. '오늘은 책 속에서 어떤 친구를 만날까?' 기대되는 날이다.

3장

위대한 문장으로부터 답을 구하는 방법

1.
나에게 솔직해지는 연습

강명경

"내가 필요한 것들을 잃을까 봐 두려워할 것이 아니라 실제로 가치가 있는지를 봐야 한다."

『만일 나에게 단 한 번의 아침이 남아 있다면』, 존 릴런드, p.187

요즘 검색하면서까지 찾아서 자주 듣는 곡이 있다. 파사칼리아(Passacaglia), 헨델의 하프시코드를 위한 모음곡 7번 G단조 중 여섯 번째 곡이다. 천천히 한 음씩 오르락내리락 반복되는 선율. 요란하지도 급하지도 않다. 이 연주를 듣다 보면 왠지 마음이 침착해지고 고요해지는 게 꼭 겨울을 닮았다.

난 사람들의 목소리나 표정을 보면 분위기가 먼저 느껴진다. 상황에 따라서 별로 웃기지 않아도 웃거나, 의견이 달라도 상대의 결정에 고개를 끄덕이기도 한다. 가능한 말수를 줄이고 목소리를 높이지 않는다. 괜찮다고 하면서 늘 한 발 뒤에 서 있으려고 했던 것 같다. 억지로 상대방에게 맞추고, 일부러 말을 예쁘게 골라 하면서 좋은 사람으로 보이려고 했다. 나를 드러내는 것보다는 타인을 먼저 생각하는 것이 배려인 줄 알았다. 그렇게 지내는 게 맞는 것 같았다. 사람은 잘하는 게 있어야 하고, 늘 좋은 모습을 보여야 한다는 것은 집 밖에서 활동하는 시간 동안 긴장 상태로 지내게 했다.

어느 순간 이상했다. 하고 싶은 마음은 있는데 의욕이 크지 않고, 해야 할 일 앞에서는 나태해졌다. 이유 없이 자주 초조해지고, 별로 무리하지 않은 날에도 쉽게 피곤했다. 하루를 마치고 집에 돌아오면 소파에 털썩 앉은 채로 몇 시간이 흐르기도 했다. 하루가 갈수록 기운이 빠지는 느낌이 들고 사람들과 있어도 마음 한구석이 외로웠다. 생각만큼 일이 풀리지 않고, 나만 제자리에 머무는 것처럼 느껴질 때 유독 그랬던 것 같다. 다른 사람은 존재만으로도 충분히 소중하다고 하면서, 정작 나에게는 왜 그렇게 엄격했는지. 위의 문장은 삶의 기준과 가치가 무엇이었는지 돌아보게 했다.

20대의 나는 컴퓨터 앞에서 하루 열 시간 이상을 보내는 날이 많았다. 불규칙한 식사로 끼니를 때웠고, 소화는 늘 더뎠다. 새벽 늦은 시간까지 이어지는 생활은 아무리 잠을 자도 풀어지지 않았다. 그런 만큼 일에 몰입하기까지 더 많은 시간이 필요했다. 의자에 앉아 있어도 어지러웠고, 시간이 조금만 지나도 집중은 금방 흐트러졌다. 마치 충전 없이 에너지를 계속 소모하는 상태 같았다. 보고서를 제출하면 돌아오는 말은 이게 최선이냐면서 답답함이 섞인 한숨이었다. 날 위해서 하는 말이라는 포장 속에는 비난이 섞여 있었다. 한 귀로 듣고 흘려보내려 했지만 내 안에 계속 쌓였다. 가시처럼 박힌 말들은 '이게 정말 나의 한계인가. 이것 이상은 할 수 없는 건가.'라며 나의 가능성을 제한했다. 점점 자신이 없어졌다. 하루라도 빨리 이 시간이 끝나기만을 바랐다. 아주 버거운 날들의 연속이었다. 나는 무엇을, 왜 붙잡고 있었을까.

내가 좋아서 선택한 길인 만큼 만족할 만한 결과를 얻고 싶었다. 꿈을 갖고 도전해 보겠다는 다짐뿐이었다. 열심히만 하면 만사가 술술 풀릴 줄 알았다. 그러나 내가 해낼 수 있을지 스스로에 대한 확신이 흔들리자 뭐라도 할 수는 있는 건지 의심이 들었다. 지치고 흔들리며 방향을 잃은 상태가 됐다. 좋은 평가를 받지 못하면 내 가치가 낮아지는 것 같고 인정받지 못하면 존재가 흐릿해지는 것 같았다.

그때의 나는 잘 버티고 있는 줄 알았다. 하지만 조금씩 무너지고 있었다. 힘들어도 그만두지 못하고 버티고 싶었던 이유는 내 선택에 책임지고 싶기도 했지만 두려움 때문이기도 했다. 여기서 멈추면 다시는 이쪽에 발도 못 붙이고 돌아올 수 없을 것 같았다. 아무것도 할 수 없는 사람이 될 것만 같았다. 한동안은 무너진 채로 지냈다. 두려움 때문에 잡고 있던 것들, 남들이 중요하다고 해서 놓지 못했던 것들과 시간이 지나면 중요하지 않을 일들에 왜 그렇게 매달렸을까. 다행히 시간이 흐르자 다시 잘살아보고 싶은 마음이 들었다. 도전하고 싶은 것이 생기면서 용기가 났다. 아주 커다란 산을 하나 겨우 넘었다. 그다음부터는 또다시 무언가를 시도해 보고 크고 작은 성공과 실패를 반복했다. 그럴수록 자신감이 생겼고 나를 조금 더 이해하게 되었다.

돌이켜보면, 좋아하는 일보다 잘해 보이는 모습에 더 마음을 썼던 것 같다. 계획보다 의욕이 앞섰고, 마음만 먹으면 곧바로 실행할 수 있을 것처럼 상상했다. 생각만으로도 이미 이룬 것처럼 설렜다. 하지만 그 설렘은 나를 앞으로 나아가게 하기보다는 오히려 멈추게 했다. 상상 속의 모습이 잠시 안심을 주었다. 아직 시작도 하지 않았으면서 이미 노력하고 있다는 착각에 빠지게 했다. 원하는 게 있으면서도 현실에서 움직임이 더뎠던 이유는, 머릿속에서 그려낸 만큼 따라가지 못할까 봐 두려웠기 때문이었을지도 모른다. 도전하는 기분, 하다 보면 반드시 이뤄질 수 있을 것만 같은 착각 속에 있었다는 것을 알아차리자, 자욱하던 안개가 조금씩 걷히는 느낌이 들었다.

그때부터 '도전'이라는 말이 다르게 보이기 시작했다. 한 번에 뛰어오르지 못했을 뿐, 나는 분명 한 계단씩 올라가고 있었다. 과거의 나는 속도가 느리다는 이유로 스스로를 낮추기만 했다. 여태 쌓아온 것들을 잃을까 봐 불안해하면서도 놓지 못했다. 무엇이든 시작하면 끝까지 해내야만 대단하다고 믿었지만, 꼭 그래야만 하는 건 아니었다. 충분히 해볼 만큼 해봤다면 도중에 멈추는 선택도 틀린 게 아니었다. 그래도 괜찮은 거였다. 그것은 포기가 아니라 나를 지키기 위한 용기였다. 멈추거나 방향을 바꾸는 일 역시 또 다른 방식의 도전이라는 걸, 시간이 지나서야 알게 되었다.

아무리 좋은 말이라도 일방적으로 밀어붙이면 귀에 들어오지 않는다. 그래서 나도 그런 모습이 보이지 않게 조심하는 편이다. 고민을 여러 번 하다가 겨우 내 의견을 꺼냈을 때, 고집이 세다는 말을 듣기도 한다. 알면서도 시도라도 해보거나 아예 안 하거나. 선택의 책임은 나에게 있다. 말이나 행동을 어디까지 해야 할지, 멈춰야 하는지도 선택이 필요하다.

사람을 인식하고 받아들이는 태도도 마찬가지다. 난 주로 비판적인 의견이 많았다. 그러나 상황을 지켜보면 미처 몰랐던 것이 보이듯이, 사람도 그런 것 같다. 지내다 보면 처음에는 몰랐던 또 다른 모습이 나타난다. 편견 없이 바라보는 눈을 갖고 싶었다. 그러다 보니 언젠가부터 신기하게도 상대방의 좋은 모습이 먼저 보이기 시작했다. 그러면서 나도 누군가에게 잘 보이려고 크게 애쓰지 않아도 괜찮다는 게 느껴졌다. 나의 진짜 모습이 드러나는 것에 대해서 거부감보다는 편해지고 자연스러워졌다.

어느 날 친구는 내가 무슨 말을 해도 포장을 잘한다고 했다. 웃으며 농담처럼 주고받은 말이지만, 그 대화 내용이 몇 번이나 머릿속에서 맴돌았다. 나도 모르게 누군가의 좋은 모습이 먼저 보인다는 것은, 어떤 기준과 편견이 없이 사람을 대할 수 있게 된 것 같다. 이런 습관이 들었다는 것은 분명 좋아하는 나의 모습이다. 다만 긍정적인 말이라 하더라도, 듣는 사람의 입장에 따라서는 포장하듯 감싸는 말로 느껴질 수도 있겠다는 생각이 들었다. 예전보다 덜 부정적인 시선으로 보이는 만큼, 말의 무게도 더욱 신중하게 하고 싶어진다.

살아가면서 큰 힘이 되었던 건 나를 믿어주는 사람들의 따뜻한 지지였다. 그래서 나도 사랑하는 사람들이 힘들어할 때, 선한 마음으로 곁에 있어 주고 싶었다. 몇 달 전, 가까운 친구가 갑작스러운 가족의 일로 많이 힘들어했다. 함께 고통을 나누고 싶어 조심스럽게 손을 내밀었지만, 친구는 받아들이지 않았다. 마음은 아팠지만, 이 또한 친구가 살아온 방식으로 견뎌야 할 몫이라는 걸 받아들여야 했다. 대신 감당해 줄 수 없는 일이기에 함부로 깊게 개입할 수 없었다. 아무리 선한 마음이라도 일방적이면 오히려 고통을 주는 짐이 될 수 있을 것 같았다. 이럴 때는 조용히 곁에 머무르며 기다려주는 게 맞는 것 같았다. 각자가 자신의 속도와 방향으로 다시 걸어갈 수 있도록 지켜보는 배려가 필요한 것 같다.

고통의 크기나 모양은 다르지만, 나는 유독 도전 앞에서 오래 머뭇거렸다. 과거에 반복해서 들었던 꾸중은 무언가를 시작할 때마다 내가 제대로 해낼 수 있을지 의심하게 했다. 하고 싶었던 일을 처음 할 때도 마찬가지였다. 한 가지를 진득하게 끝내지 못한다는 말은, 섣불리 시작했다가 제대로 해내지 못하는 건 아닌지, 중간에 포기하고 싶은 마음이 들면 어떻게 해야 하는지 걱정이 앞섰다. 내가 생각한 부족함은 너무 커 보여서 감추고만 싶었다. 그럴수록 더 주눅 들고 위축되었다.

그런데도 언젠가부터 결국 시작을 선택했다. 잘되지 않을까 봐 염려하면서도 묵묵히 한 걸음씩 걸었다. 그렇게 한 길을 걷다 보니 어느덧 십 년이 되었다. 특별히 빠르지도, 눈에 띄게 화려하지도 않았지만 내 분야에서 꾸준히 길을 닦아온 셈이다. 나에게 그 시간은 조금 더 해볼 수 있다는 끈기와 해낼 수 있다는 용기를 갖게 해주었다. 이제는 꾸중을 들어도 예전처럼 쉽게 긴장하거나 주눅 들지 않고, 그 말 안에 담긴 의미를 한 번 더 생각해 볼 여유도 생겼다.

하고 싶은 것을 원하는 대로 이루지 못했다고 해서 인생 전체가 무너지는 것은 아니었다. 절망적이라고 여겼던 결과가 곧 바닥을 의미하지도 않았다. 고군분투하는 시간이 없었다면 지금의 나는 없었을 것이다. 내가 할 수 있다고 믿는 태도는 삶을 지지해 주는 힘이 된다. 하나씩 어려움을 겪고 해결해 가는 과정에서 삶을 대하는 나만의 기준과 방식이 하나씩 쌓여갔다. 무엇이 나에게 맞는 방향인지, 어디까지가 내가 감당할 수 있는 선택인지를 알아간다.

나는 여전히 부족하다고 느끼는 순간이 있고, 불안이 올라오는 날도 있다. 다만 이제는 부족함만을 증명하려고 애쓰지 않으려 한다. 나를 부정하는 증거를 일부러 모으지도 않는다. 할 수 있는 만큼 하다가 쉼이 필요하면 잠시 숨을 골라보기로 한다. 맞지 않다고 느껴지면 다른 방향도 천천히 생각해 본다.

불완전함을 밀어내며 부정하기보다는 지금의 나를 받아들이면서 살아가는 방법을 배워가는 중이다. 내가 선택한 방향을 감당하는 삶, 나를 속이지 않고 솔직하게 살아가는 것, 오늘도 그렇게 삶의 태도를 배워가고 있다.

2.
<u>잘 죽을 준비</u>

강혜진

"종종 상상했던 내 장례식엔 축하와 환호성 또 박수갈채가 있는 파티가 됐
으면 했네. 왜냐면 난 천국에 있기 때문에."

<장례희망>, 이찬혁

"안녕하세요. 강혜진입니다. 저의 '49재' 오신 걸 환영합니다. 자! 이제
함께 즐겨 볼까요!"

악동뮤지션을 좋아한다. 천재적인 작곡 실력을 소유한 이찬혁과 천
사의 목소리를 지닌 이수현. 둘의 조화도 매력적이지만 나는 한 사람으
로서의 이찬혁이 좋다. 그의 음악에는 순간 듣고 즐기기엔 아쉬운 차원
높은 무언가가 있다. 가사마다 철학적 사유가 배어 있다. 때로는 곱씹
을 만한 문장들이 삶 전체를 다시 돌아보게 만든다. 그중에서도 〈장례희

망〉이라는 곡을 처음 들었을 땐 마치 머리를 한 대 얻어맞은 것 같은 충격을 받았다.

자신의 죽음을 구체적으로 상상해 노래로 승화시키는 음악가가 과연 얼마나 있을까. 삶을 이야기하는 대중가요는 많지만, 죽음을 정면으로 바라보며 인생을 되묻게 하는 가수는 흔치 않다. 그래서 이찬혁이라는 뮤지션이 참 매력적이다. 그가 얼마나 독특한 방식으로 인생과 죽음을 정의 내리는지 이 노래에 여실히 드러난다. 특히 자신의 장례식은 마치 파티처럼 즐거운 시간이었으면 좋겠다는 말이 신선하다. 제사상은 좋아하는 음식들을 뷔페처럼 차리겠다는 말도. 죽음을 기쁘고 홀가분하게 맞이하려면 매일, 오늘, 하루 후회 없이 빈틈없이 살아야 한다는 말도. 죽음을 너무 두려워하거나 슬퍼하지 말아야 한다는 말도.

가을 색이 짙은 11월. 마음 학교에 마음공부를 하러 갔다가, 또 한 번 충격을 받았다.

"잘 산다는 건, 잘 죽는 것을 준비하는 과정이다."

강의를 시작하며 들은 이 말이 강의가 끝날 때까지 계속 마음을 울렸다. 처음 〈장례희망〉을 들었을 때와 비슷한 느낌이었다.

선생님께서는 강의실 불을 모두 끄고 영상을 하나 보여주었다. 8년 동안 암으로 투병하던 한 여성의 영상이었다. 화면 속의 그녀는 까까머리를 한 40대 중반의 모습이었다. 깡마른 얼굴에 환자복을 입고 침대 위에 앉아 있는 그녀. 병색이 역력한데도 그녀의 미소는 환했다. 누군가 그녀의 모습을 촬영하고 있었다.

"저의 49재에 오신 여러분, 안녕하세요? 마지막 인사를 남깁니다."

그녀의 첫마디였다. 말하는 사람은 담담히 목소리를 내는데, 그 말을 듣고 목이 울컥 매여왔다. '저의 49재'라는 말은 태어나 처음 듣는 표현이었다. 산 사람이 자신의 49재에 대해 이야기하는 경우는 흔치 않으니 말이다. 영상은 주인공이 죽기 전, 자신의 죽음을 애도하기 위해 찾아올 사람들을 생각하며 남긴 '자신의 49재' 영상이었다.

울컥했던 마음은 그녀의 온화한 표정을 보면서 금세 잔잔해졌다. 그리고 이어진 말들, 마음을 울렸다.

"저는 고통스럽게 아프다 죽는 사람이 아니라, 즐겁고 유쾌하게 살다가 다른 생으로 떠나는 사람으로 기억되고 싶어요. 너무 슬퍼하지 마세요. 축하해 주세요. 오늘은 저의 또 다른 생일이니까요. 49재가 지나면 저는 다른 생명으로 다시 태어날 테니까요."

영상 속 그녀는 빛이 났다. 생을 마감하는 사람이 지을 수 있는 표정이라고는 도저히 믿기지 않았다. 8년간 투병한 후, 가족을 남겨두고 떠나야 하는 사람이 이렇게 편안할 수 있다니. 놀라웠다.

말을 이어가는 그녀의 얼굴에 울컥 눈물이 차오르는 표정이 몇 번 스쳤다. 그조차 슬픔이 아니라 감격에 겨웠을 때, 너무 기쁘고 흡족할 때

나오는 눈물처럼 느껴졌다.

그녀의 마지막 메시지는 마치 〈장례희망〉 속 가사를 영상화한 것 같았다. 슬픔보다 축복, 아쉬움보다 응원. 생을 마감하는 순간을 맞는 그녀는 죽음조차 기쁘게 승화시키고 있었다. 잠시 영상을 보는 것만으로도 그녀의 삶이 부러웠다. 나도 저런 작별을 할 수 있을까.

영상이 끝나고 문득 잘 살고 싶다는 마음의 밑바닥에는, 어쩌면 잘 죽고 싶다는 욕심이 숨어 있지는 않을까 하는 생각이 들었다.

살아 있는 것은 모두 언젠가 한 번은 생의 마지막 순간을 마주하게 된다. 내일일지, 한 달 후일지, 혹은 수십 년 뒤일지 알 수 없지만, 나 또한 마지막 순간과 마주하게 될 것임은 분명하다. 미처 이루지 못한 것들에 집착하지 않고, 두고 가는 것들에 얽매이지 않고. 이미 충분히 누렸다는 마음으로 미소 지으며 떠날 수 있다면 얼마나 좋을까.

"슬퍼하지 마세요. 축하해 주세요. 나는 또 다른 생의 문턱에 서 있을 뿐이니까요."

영상 속 그녀의 말처럼. 그리고 이찬혁의 노래처럼 나의 마지막도 축제 날 같으면 좋겠다.

오늘은 문득 나의 49재에 올 하객들을 위한 축하 영상을 찍어보고 싶다.

3.
늘 그대라는 이름

고지원

"아무것도 내 것 같지 않다고 느껴질 때 가만히 그대 이름을 부르곤 해 늘 그걸로 조금 나아져 모두 사라진다 해도 내 것인 한 가지 늘 그댈 향해서 두근거리는 내 맘."

<늘 그대>, 성시경, 양희은

이 노래를 당신은 모르겠죠?

1년 전. 유튜브 영상으로 두 가수의 듀엣 무대를 보다가 숨이 멎는 줄 알았습니다. 성시경의 감미로운 피아노 선율 뒤로 양희은의 덤덤하면서도 힘 있는 목소리가 이어졌습니다. 또렷하게 들려오는 가사를 듣다 보니, 나도 모르게 눈물이 났습니다. 세월이 흘러도 변하지 않는 것이 '내 사람'이라는 말이 새삼 가슴을 울렸습니다.

그렇게 마음에 품고 있던 이 곡을, 당신과 함께 간 노래방에서 두어

직였던 '그 순간의 나'라는 점이었다. 책 위의 밑줄은 시간이 지나 흐려질 수 있어도, 그때 가슴이 떨리며 나를 멈춰 세웠던 감정은 언젠가 또 나를 앞으로 밀어주거나 삶의 방향을 살짝 틀게 만들며 한층 단단하게 세워준다. 밑줄의 의미는 결국 '어디에 마음을 두고 살아갈 것인가'라는 질문으로 이어진다. 어떤 이들은 책을 비판적으로 읽어야 한다고 말한다. 비판하려는 순간 작가의 의도는 또렷해질지 몰라도, 공감의 다리는 무너지고 마음은 닫힌 채 이야기에 들어가지 못한다. 그래서 읽는 동안만큼은 작가의 시선을 따라 걷는다. 그가 바라본 세상과 감정, 질문 속에 들어가 그의 호흡대로 머무른다. 작가의 도서관에 초대받은 손님이라는 마음으로 한 페이지씩 더듬어간다.

문장을 밑줄로 붙잡는 일은 어쩌면 아주 작은 '불멸화'의 행위다. 스쳐가면 사라질 감정, 흘러가면 다시 오지 않을 깨달음, 순간의 떨림을 잠시라도 머물게 하려는 시도다. 삶의 온도를 기록하듯 마음의 흔적을 남겨두는 일이다. 그래서 밑줄은 문장을 고정하기 위한 표시가 아니라, 변해가는 삶 속에서 어느 순간의 나를 잃지 않기 위해 남겨두는 가장 조용한 기록이 된다. 그리고 그 조용한 기록들은 언젠가 다시 누군가의 마음 속에서 또 다른 불멸의 문장으로 피어난다.

번 불렀지요. 무심히 노래책을 넘기고 있는 당신을 보며, 이 노랫말 속의 '그대'가 바로 당신이라는 말은 차마 하지 못했습니다. 매일 뜨는 해처럼, 숨 쉬는 공기처럼 당신은 너무도 당연하게 내 삶 속에 있었으니까요. 그 따뜻한 고마움을 표현하기도 전에, 세월은 참 쏜살같이 흘러가버렸습니다.

본과 3학년 봄, 동아리 모임에서 처음 당신을 본 순간부터 생각했지요. '이 사람은 내 사람이다!' 당신을 찜했습니다.

"너네 알아? 엄마가 아빠 먼저 좋아했었어!"

당신은 아이들에게 싱글벙글 자랑하듯이 말하곤 했죠. 그럴 때마다 나는 손사래를 치며 급히 부인했지만, 이제는 인정할게요. 운명 같은 순간은 나 같은 평범한 사람에게도 찾아오더라고. 그걸 놓치지 않은 내가 진정한 승자라고 말이죠.

2008년 2월, 우리는 부부의 연을 맺었고 그렇게 18년을 함께 살았습니다. 당신은 서른 살, 나는 스물일곱 살에 남편과 아내가 되었고, 2009년엔 아빠와 엄마가 되었지요. 똑 부러진 딸과 당신을 꼭 닮은 아들까지. 이제는 내 목숨과도 바꿀 수 있는 소중한 존재들이 되었습니다.

부모로서 걷는 길은 험난한 비포장도로로 같았습니다. 사계절은 쉼 없이 바뀌고, 우리의 인생은 끝없이 도전하는 모험 영화 같았지요. 적이 나타나 무찌르면 또 새로운 적이 등장하고, 잠시 숨을 고르면 더 높은 산이 앞을 가로막았습니다.

준호가 두 살이었던 2013년, 아이를 봐주던 할머니가 돌 반지와 팔찌, 그리고 우리의 결혼반지까지 들고 나갔던 일도 있었지요. 일주일이 지나서야 알았지만 CCTV도 없던 시절이라 신고조차 할 수 없었습니다. 값보다도 추억이 담긴 물건들이 사라졌다는 사실이 더 아팠습니다.

예빈이가 여섯 살 때, 유치원 화단에서 넘어져 벽돌 모서리에 뺨을 부딪힌 날도 잊을 수 없어요. 몇 바늘을 꿰맬 만큼 깊은 상처였지요. 혹여 얼굴에 흉터가 남을까 봐 우리는 상처를 수없이 들여다보며 전전긍긍했습니다.

5년 전, 당신이 자전거를 타다 넘어져 팔이 부러졌던 날도 가슴이 철렁했습니다. 지금 생각하면 웃음이 나지만요. 아침에 마실 우유가 없다며 콩알만 한 어린이 자전거를 타고 내리막길을 내려가다 크게 넘어졌지요. 피투성이가 되어 돌아온 당신을 보고 나는 그대로 주저앉을 뻔했습니다. 그만한 부상으로 끝나 정말 다행이었습니다.

아이들이 중학생이 되고 중간, 기말고사를 치르기 시작하자, 또 다른 떨림이 시작되었습니다. 국어, 수학 몇 점이 인생 전부가 아닌데도 말이죠. 시험이 끝난 뒤 걸려오는 전화 속 아이의 목소리에 여전히 가슴이 벌렁거립니다. 준호가 중학생이 되고 나서는 그 긴장감이 배가 되었지요.

노력한 만큼 아이들이 상처받지 않기를 바라는 부모의 마음일 겁니다.

당신과 나는 몇 번의 이직을 거치며 여기까지 달려왔습니다. 눈물과 걱정으로 밤을 지새운 날들 속에서, 맥주 한 캔을 앞에 두고 마음을 달래며 많은 이야기를 나누었지요. 긍정적인 마음과 서로를 향한 믿음으로 버텨왔습니다.

천주교 신자로 만난 우리는 인생의 고비마다 성당을 찾았습니다. 하지만 간절함이 극에 달했을 때는 부처님도, 알라신도 마음속으로 불러보며 매달렸습니다. 그뿐인가요? 낙산사 두꺼비 발을 어루만지고, 홍성 용봉산 행운 바위도 껴안고, 소원 이뤄준다는 연못에 동전을 던지며 할 수 있는 건 다 했습니다. 가족여행 갔던 경주 문무대왕릉 앞바다에서는 방생 고기를 사서 바다에 풀어 주며 용왕님께 소원을 빌기도 했습니다.

이제야 알겠습니다. 힘든 시기마다 내가 가장 의지하고 믿었던 존재는 그 어떤 신도 아닌, 바로 '당신'이었다는 것을요. 등을 기대면 쉼터가 되어 주고, 손을 뻗으면 언제나 닿는 곳에 당신이 있었기에 여기까지 올 수 있었습니다.

부끄럽게도 그런 감사함을 잊은 채 긴 시간을 흘려보냈습니다. 결혼 후 '아내'와 '엄마'라는 이름은 나에게 일방적인 희생을 요구한다고 느꼈습니다. 잠을 쪼개 아이들을 돌보고, 표시도 나지 않는 집안일을 반복하며 무기력해지기도 했습니다. 외식을 해도 아이들이 좋아하는 메뉴를 고르고, 나는 늘 남은 음식을 먹었지요. 모든 기준은 가족이었습니다.

그렇게 나눠준 사랑이 고스란히 돌아오길 바랐습니다. 하지만 밑 빠진 독에 물 붓기처럼 느껴질 때마다 화와 짜증을 쏟아냈습니다. 그래서 혼자만의 시간을 꿈꾸기도 했습니다. 2년 전쯤 템플스테이에 다녀오겠다며 야단법석을 떨었을 때, 당신은 흔쾌히 다녀오라고 했지요. 하지만 사슴 같은 눈으로 바라보는 아이들 얼굴이 밟혀 결국 가지 못했습니다. 그땐 몰랐습니다. 가족이라는 존재만으로도 이미 충분히 위로받고 있었다는 사실을요.

신기하게도 당신 앞에서는 화가 나다가도 다시 웃음이 났습니다. 내가 주는 것보다 더 많은 것을 이미 내게 주고 있었지요. 다투고 나서 먼저 손을 내밀고, 애교 없는 내 손을 잡아준 것도 늘 당신이었지요. 아이들 앞에서 "엄마 너무 귀엽지 않니?"라고 말해 줄 때마다, 기분이 좋았던 것도 사실입니다. 이미 넘치게 사랑받고 있었는데, 내 화에 눈이 멀어 보지 못했을 뿐입니다.

얼마 전, 10년 뒤의 내 모습을 글로 써보았습니다. 가장 먼저 떠오른 건 당신의 얼굴이었습니다. 언젠가 강릉 바다가 보이는 곳에서 살아보자고 이야기했었지요. 마당에 상추와 깻잎을 심고 리트리버도 키우면서 말이죠. 아이들이 놀러 오면 맥주 한잔하며 이야기꽃을 피우는 풍경까지 떠올려 보았습니다. 인생의 행복은 결국 가족과 '함께'하는 시간이라는 걸 깨달았습니다. 그리고 그 시간의 중심에는 언제나 당신이 있습니다. 당신이 없다면 집도, 바다도, 강아지도 무슨 의미가 있겠어요.

당신은 매일 퇴근길에 전화를 겁니다. "우리 지원이! 보고 싶어용!" 하고요. 나는 늘 피식 웃어넘기지만, 요즘은 그 순간들이 당연하지 않을 수도 있겠다는 생각이 듭니다. 우리의 싱그러웠던 시절이 흘러갔듯, 언젠가는 각자 흙으로 돌아가겠지만 함께하는 시간만큼은 더 많이 아끼고, 더 많이 사랑해야겠습니다.

다름을 받아들이고 서로에게 맞는 퍼즐 조각으로 다듬어 가는 과정이 부부인 것 같습니다. 입맛도, 취미도, 습관도 다른 우리. 당신은 무엇이든 함께하길 좋아하고, 나는 혼자서도 시간을 잘 보내는 사람입니다. 그럼에도 새로운 드라마를 시작할 때, 맛있는 음식을 먹을 때면 당신을 기다립니다. 좋은 것은 아껴두었다가 함께하고 싶으니까요. 부부는 그렇게 서서히 스며드는 존재인가 봅니다.

"다음 생애도 나랑 결혼할 거야? 난 당신 찾아서 할 건데!"

웃으며 묻는 당신에게 나는 한 번도 선뜻 "응"이라고 대답한 적이 없었습니다. 서로 성별을 바꿔 태어나 만나거나, 돌 같은 미생물로 살아갈 거라고 흘리듯 이야기했습니다. 하지만 생각해 보니, 이번 생애에서 쌓아온 이 시간들이 있다면 다음 생애서는 조금 더 지혜롭게 사랑하며 살아갈 수 있을 것 같네요.

식탁에 마주 앉아 당신의 얼굴을 찬찬히 바라봅니다. 눈가에 주름이 많이 늘었네요. 노래 가사를 다시 떠올려봅니다. 차 한잔의 온기가 식어가듯 우리의 청춘도 빠르게 흘러갔지만, 함께 마시는 이 공기는 현재 진행형입니다. 너무나 감사한 오늘입니다.

추억이 된 하루가, 한 달이, 또 일 년이 지나갑니다. 함께해 줘서 고마워요. 이번 생도, 다음 생도 '늘 그대'입니다.

4.
저축하지 마세요

김하세한

허공을 가르며 터져 나온 그 대사는 마치 TV 화면을 찢고 튀어나와 내 가슴에 꽂혔다. 새벽을 향해 흘러가는 늦은 밤, 불빛 하나 깜빡이지 않는 집 안에서 TV 소리만 울렸다. 화면 속에서는 불륜을 저지르고도 죄책감조차 모르는 아들이 비틀거리며 서 있었고, 아버지는 붉어진 눈을 번뜩이며 손바닥으로 아들의 뺨을 세차게 후려쳤다. 그 찰싹 소리가 거실 전체에 생생하게 울렸다. 아버지는 분노인지 슬픔인지 모를 숨을 가쁘게 몰아쉬며 다시 소리쳤다. 주름진 얼굴이 일그러지고, 손끝은 떨리고, 목소리는 금방이라도 울음으로 부서질 듯했다. 그 순간, 나는 드라마를 보고 있던 사람이 아니라 그 장면 한가운데에 서 있는 사람이 되었다. 거실의 공기가 묵직하게 가라앉고, TV 화면의 색감마저 더 선명하게 보였다. 아버지의 말투, 굵게 갈라진 음성, 흔들리는 눈빛이 내게 곧장 날아들었다. 불륜과 삼각관계로 점철된 막장 드라마의 대사치고는 너무 날 것의 진실이었다. 그 말은 배우의 입에서 나온 대사가 아니라, 지금의 내 삶을 찌르러 온 한 문장 같았다. 마치 화면 뒤에서 누군가 나를 향해 직접 던지는 듯한 문장. 그때 나는 리모컨을 쥔 손을 멈췄다. 숨을 고르던 나 역시 그 대사에 맞은 사람처럼 가만히 얼어버렸다. 출근으로 바쁘던 시절, 아침엔 볼 수 없던 드라마를 이렇게 밤에 재방송으로 챙겨 보곤 했다. 아이들을 재워놓고, 아주 잠시 정적에 잠기는 시간. 드라마 속 과장된 사건들은 늘 과했고 말도 안 됐지만, 이상하게 그날의 그 대사만큼은 내 삶을 뚫고 들어왔다. 그리고 바로 그 순간, 소파에 기대앉아 있던 나의 가슴 어딘가에서 질문이 불쑥 튀어나왔다. '나는 아이들에게 무엇을 주고 있는가.'

세 아이를 키우는 동안, 스스로 '좋은 엄마'이고 싶었다. 아이가 원하면 들어주고, 힘들면 대신해주고, 불편해하면 다른 길을 내어주곤 했다. 아이가 울면 가슴이 무너지고, 힘들어하면 마음까지 함께 내려앉았다. 자연스레 '원하는 것을 주는 일'을 사랑이라고 여겨왔다. 그런 나에게 TV 속 대사가 오래 묵혀 있던 의문을 단숨에 흔들었다. 그 말은 깊이 잠들어 있던 질문을 또렷하게 끌어올렸다. 아이에게 건네온 선택들이 과

연 바라던 것에 맞춰진 행동이었는지, 아니면 올바른 방향을 향한 선택
이었는지, 부모라는 이름으로 무엇을 주고 있었는지 되묻게 만들었다.
원하는 것을 건네는 일은 쉽다. 편안하고, 누구에게나 사랑처럼 보인다.
올바른 것을 건네는 일은 다르다. 갈등을 견디고, 아이의 눈물을 받아내
고, 때로는 '미운 엄마'가 되는 순간을 통과해야 한다. 진짜 사랑은 불편
함을 감당하는 용기에서 시작된다. 그때 처음으로 '좋은 엄마'라는 이름
표를 잠시 내려놓고 어른의 자리로 조용히 걸어 들어가는 감각을 느꼈
다. 생각은 묘한 힘을 가진다. 정답을 즉시 내리지는 않지만 정답 가까
이까지 데려다 놓는다. 아이들과의 관계, 가정의 선택들, 일상의 작은
순간마다 그 한 문장이 기준처럼 떠올랐다. 책도 아니고, 명언도 아니
고, 유명한 작가의 문장이 아닌데도 오래 남았다. 드라마 속에서 무심히
흘러나온 단 한 줄이었다. 문장은 어디서든 태어난다. 예상 밖의 장면에
서도, 전혀 준비되지 않은 순간에도, 가장 필요한 사람에게 정확히 도착
한다. 그날, 그 문장은 내게 도착했고 그 한 줄에 기대어 조금 더 단단한
어른으로 자라났다.

저축은 늘 긍정의 언어였다. 미래를 보장하기 위해 현재를 절약하고,
오늘의 소비를 담보로 잡아 내일을 설계하는 방식. 많은 이들이 그 익숙
한 리듬 속에서 먹고 싶은 것을 참고, 하고 싶은 일을 미루며 살아간다.
저축은 현명함의 증거처럼 여겨졌다. 미래를 준비하는 어른의 자세라는

믿음도 흔들림 없었다. 그 믿음에 균열을 낸 건 짧은 문장 하나였다. 출처조차 모호한 말. 그리고 지워지지 않는 문장.

"행복은 저축되지 않는다."

마주한 순간, 머릿속이 이상하게 떨림이 있었다. 마치 뒤통수를 가볍게 얻어맞은 듯 멍해지는 느낌이었다. '행복은 저축되지 않는다'는 사실이 단순한 진실로만 다가오지 않았다. 지금까지의 하루들이 거꾸로 재생되듯 스쳐 지나갔다. 미래의 더 큰 행복을 위해 오늘의 작은 기쁨을 숨기고, 미루고, 절약하며 살아온 시간들. 마음먹기 나름이라 말하면서도 그 마음을 늘 내일로 넘기던 태도. 결국 행복을 저축하듯 다뤄온 셈이었다. 행복은 모아둘 수 있는 감정이 아니었다. 이자가 붙어 늘어나는 자산도 아니었다. 오직 지금 이 순간에만 존재하는 살아 있는 감정이었다. 그 한 문장은 사고의 방향을 바꾸어 놓았다. 행복을 나중으로 미루지 않는 태도가 필요했다.

오늘의 행복은 오늘 안에서 써야 한다는 단순하면서도 명징한 원리가 선명해졌다. 그 이후의 시선은 조금 달라졌다. 미래를 준비하는 삶은 여전히 중요하게 남아 있었지만, 행복만큼은 만기일이 없는 감정이라는 사실이 우선 자리를 잡았다. 행복은 미루면 희미해지고, 쓰면 생명력을 갖는 감정이다. 그래서 오늘의 행복을 선택하는 편이 더 현명해졌다. 이 선택은 책임도 결과도 온전히 스스로의 몫이었다. 행복을 미루지 않는 태도가 삶을 조용히 수정했다. 미래를 위해 오늘을 희생하던 패턴에서 벗어나 오늘을 살아내며 미래를 준비하는 방식으로 중심이 조금 이동했다. 행복을 당장 사용하고, 당장의 기쁨을 인정하는 태도는 결국 스스로에게 내릴 수 있는 가장 단단한 선택이 되었다.

"운은 있기도 하고 없기도 할 수 있지만, 행복은 꼭 있다."

이 문장과의 만남도 지금은 기억을 못 하지만, 처음 만났을 때 책장이 넘어가지 않았음을 안다. 운과 행복의 차이를 이렇게 단순하면서도 단호하게 갈라놓는 문장은 처음이었다. 운은 외부에서 오고 외부에서 사라진다. 어떤 날은 편이 되어주고, 어떤 날은 가차 없이 등을 돌린다. 노력과는 무관하게 손에서 미끄러지기도 하고, 준비되지 않은 순간에 불쑥 찾아오기도 한다. 그래서 사람들은 운을 말할 때 늘 불안과 기대를 함께 꺼내놓는다. 마치 운이 삶보다 더 큰 힘으로 움직이는 존재라도 되는 듯했다. 삶의 많은 장면이 운 탓으로 채워져 있었다. 잘되면 운이 좋아서였고, 안 되면 운이 없어서였다. 때로는 기대했고, 때로는 실망했다. 그러다 이 짧은 문장이 오래된 믿음을 흔들어 놓았다. 운은 있을 수도, 없을 수도 있는 것. 행복은 있다. 어느 순간에도, 어느 자리에나, 반드시.

행복이 행운처럼 요행으로 굴러오는 것이 아니라 이미 삶 속에 존재하기 때문에, 문제는 그것을 보느냐 보지 못하느냐에 달려 있었다. 그제야 깨달아졌다. 운이 없다고 여겼던 시간 속에도 행복은 줄곧 곁에 있었다. 단지 보지 않았을 뿐이었다. 운이 찾아오길 기다리는 동안, 행복은 이미 여러 번 손을 내밀고 있었다. 그 이후 삶의 시선이 조금씩 이동했다. 운을 기다리는 자리에서 행복을 발견하는 자리로. 따뜻한 말 한마디, 잠깐의 미소, 사소한 편안함 한 조각까지도 새로운 이름을 얻었다. 행복은 운처럼 흔들리지 않았다. 늘 안에 있었고, 늘 주변에 머물러 있었다. 발견하기만 하면, 그 자리에서 조용히 손을 내밀었다. 작지만 선명한 이 문장이 삶의 기울기를 바꾸었다. 운을 바라보던 눈이 행복을 바라보는 눈으로 바뀌었고, 그 작은 이동은 하루와 마음과 삶을 은은하게 밝히기 시작했다.

행복은 기다리는 것이 아니라 '보는 것'이라는 사실을 되새기며, 매일 조금씩 발견의 연습을 이어가고 있다. 그래서 미세하더라도 마음에서 출발한 행복을 선택하기로 했다. 선택의 결과도 책임도 온전히 스스로의 몫으로 두었다. 남이 보기에 별것 아니어도 괜찮다. 선택한 행복이 살아가는 힘이 되기 때문이다. 불평과 불만을 반복하면 어느새 그 감정의 색으로 삶이 물들고, 행복과 행운, 긍정의 언어를 가까이 두면 또 그 색으로 인생이 채워진다. 결국 어떤 말을 선택하느냐가 삶의 모양을 만든다는 단순한 진실이 또렷해졌다.

5.
밥 한 공기, 노자의 행복

김진하

월요일 아침 10시, 회의 시간이다. 8명의 상담가가 모여 앉아 그동안 모인 사례를 나눈다. 다음에 진행할 프로그램을 기획하기도 한다.

"갑자기 아이디어가 떠올랐는데요, 이번 행사 요새 가장 핫한 흑백요리사 느낌으로 가면 어떨까요?"

눈을 반짝이는 민 선생님에 난 바로 호응한다.

"너무 재밌을 것 같은데요. 한번 해 봐요!"

아이디어를 현실로 만들 추가 의견들. 드디어 행사가 눈앞에 그려진다. 당장 준비를 시작하려 엉덩이가 들썩인다. 처음 하는 일을 스트레스가 아닌 호기심으로 받아들이는 것. 14년을 예산 Wee센터에 있으며 가장 크게 바뀐 점이다. 우린 공부도 경쟁하듯 열심이다. 30대에서 60대까지 나이대도 다양해서 모여 있으면 얻어지는 게 많다. 챗 GPT와 연륜이 공존하는 공간이랄까. 유행하는 아이템과 최신 앱, 상담 포인트, 건강에 좋은 정보들이 오간다. 가만히 있어도 시시각각 바뀌는 세상, 처음 듣는 게 많다. 잠깐 쪼그라든다. 하지만 금방 '괜찮아. 사람이 발전하려면 어떤 식으로든 자극이 필요하니까.' 그러면서 오늘도 하나 배운다.

돌아보면 나를 변화시킨 건 늘 자극이었다. 물론 발전만 하는 건 아니다. 때론 엎어지기도 했다. 하지만 달리는 차에 연료가 필요하듯, 나를 움직이게 하는 원동력이라 여겼다. 자극의 기본 바탕은 뭐니 뭐니해도 직장 생활. 일하기 위해서는 변해야 한다.

사회생활 30년. 그 사이 서울부터 분당, 천안, 아산까지 여러 지역으로 이사했다. 집이 바뀌니 직업도 따라 바뀌었다. 아이가 생겼다. 키우면서 할 일을 찾느라 이직이 잦았다. 영양사로 출발했지만, 전공 불문 다양한 직종을 섭렵했다. 할 수 있으면 했다. 다문화센터 지도사, 과학 탐구반 강사, 어린이집 교사, 잠깐 한 방문 학습지까지. 지금껏 일로 만나 대화를 나눈 사람만도 수천 명은 너끈히 될 듯하다.

일만 하지는 않았다. 아이들 체험학습을 겸해서 전국을 돌아다녔다.

여행은 자극이지만 한편으론 환기를 불러오는 힐링 그 자체였다.

짬짬이, 또 부지런히 덕질도 했다. 박사논문 주제가 임영웅 팬덤 '영웅시대' 연구일 정도다. 돈, 시간, 노력을 아낌없이 쏟아부었다. 하지만 아깝지 않다. 팬 커뮤니티에서 얻는 것도 많으니까. 10대부터 70대까지 팬덤 활동을 함께했다. 신조어, 트렌드, 나이를 초월한 문화, 좋아하는 대상이 주는 도파민까지 습득한다. 팬 활동은 마치 시험 기간에 마시는 레드불 에너지 드링크 같다.

그렇게 열정적으로 살다 보니 자극 없는 시간은 단조롭고 무의미한 상태처럼 느껴지기도 한다.

50살이 되니 갑자기 여유가 생겼다. 엄마 역할도 며느리와 딸 노릇에도 숭숭 빈틈이 났다. 바쁜 일상에 한 축을 담당하던 주부 역할도 그렇다. 노련해짐과 동시에 배달 음식과 밀키트, 새벽 배송, 빨래 건조기가 우렁각시 노릇을 한다. 아무 근심 없이, 당장 해야만 하는 일이 없다. 도전할 시험이나 과제도 없다. 그저 느긋하게 일어나 삼시 세끼를 해결하면 됐다.

열심히 산 끝에 선물처럼 생긴 여유다. 분명 편한데 한편으론 불편한 마음이 올라왔다. 이렇게 살아도 되나 싶고, 뒤처질까 두렵다. 잔잔한 일상에 매몰되기 전에 어서 풍랑 치는 바다로 나가 뭐라도 해야만 할 것 같은 기분이다.

"이사 가고 싶어. 이 집은 정리하려면 견적도 안 나와."

2025년 10월의 어느 날, 15년간 살아온 집을 보니 푸념이 나왔다. 사무실 주 선생님이 이번에 새집으로 이사 가는데 부러워서 그랬는지. 그래도 평소라면 흘려들었을 신랑이다. 뜻밖에 이 집이 뭐가 문제냐고 물었다. 이렇게 저렇게 불평의 말을 듣더니 움직이기 시작한다. 처음은 거실과 주방을 잇는 통로를 반쯤 막았던 4도어 김치냉장고. 툭 튀어나와 늘 눈엣가시였다. 신랑과 큰아들이 차례대로 분해했다. 해체된 냉장고를 번쩍 들어 뒤쪽 베란다로 옮겨 조립했다. 그 자리에 식탁이 들어왔다. 그것만으로도 무거운 밥상을 거실로 나르던 10년 고생이 사라졌다.

오래된 벽지도 바꿨다. 실크 벽지라 풀칠해도 잘 붙지 않아 애먹었다. 세 번이나 붙였다 떼기를 반복한 끝에 결국 성공했다. 화이트 색조에 집이 환하다. 도미노처럼 한 개가 바뀌니 다른 게 따라 바뀌었다. 안 쓰는 물건을 추려 버렸다. 20리터 쓰레기 봉지 20장이 들었다. 가지고 있던 책 절반을 노끈으로 묶어 밖에 내놨다.

마지막은 새로 산 킹사이즈 침대. TV를 보다 자는 신랑을 따라 거실에서 9년을 살았다. 웃풍 없는 안방에서 맞는 아침의 편안함이란, 매일 자고 일어나면 세상 행복하다. 별일 아닌 것에 웃게 된다.

거실 화병에 생화 향이 집 안에 맴돈다. 주위에 소소한 변화들이 모이니 그것도 꽤 크다. 회사와 여행과 덕질에서 받았던 자극과 결이 다르다. 잔잔하고 평화롭다.

한때는 높은 성취와 발전을 꿈꾸며 살았다. 그런 숨 막히게 바쁜 일상 속에서도 자극을 쫓았다. 행복은 열심히 일하는 중 아주 잠깐 누릴 수 있는 사치였다. 한 번 가본 적 없는 곳으로 떠나는 여행, 새로운 사람을 만나는 게 중요했다. 대학원 공부도 팬덤 활동도 직장에서 만나는 사람들도 성장을 위한 더 강력한 자극이 되길 바랐다.

노자가 말한 무위(無爲)는 아무것도 하지 않는 것이 아니다. 물 흐르듯 자연스럽게 되어가는 삶이라고 한다. 자극 없고 심심한 순간. 거기에도 행복이 존재한다. 작게 반짝이는 사금처럼.

기를 쓰고 애쓰지 않아도 된다. 큰돈을 들여 멀리 가지 않아도 좋다.

노자처럼 자연스럽게. 맛없게. 심심하게.

밥 한 공기, 포근한 이불, 밤 산책, 향기 좋은 차 한잔같이.

6.
디딤돌의 역할

서림승희

"잘하는 걸 증명하는 것보다 좋아하는 이유를 말하는 건 정말 쉽고 즐거운 일이다. 좋아하는 일에는 커다란 이유가 필요하지도 않다. '좋아한다는' 누가 알려주지 않아도 알 수 있다."

『이웃집 식물 상담소』, 신혜우, p.80

2021년 입양한 고양이 두 마리. 귀여운 표정과 엉뚱한 행동으로 나를 웃게 한다. 하루 피곤이 거짓말처럼 사라진다. 고양이 키우기 전, 고양이는 두려운 존재였다. 내게 해코지한 적도 없는데. 길 가다 마주치면 긴장했다. 눈을 피하고 재빨리 그곳을 벗어났다.

코로나-19로 온 세계가 암울했을 때. 우리 집에도 어두운 그림자가 드리워졌다. 경기침체가 길어지고 취업난은 풀리지 않았다. 취업 준비 중인 아이들. 도전 기회는 적었고 취업 불안은 커졌다. 말과 웃음이 점점 사라졌다. 방에서 나오는 횟수가 줄었다. 속수무책. 두 달 넘게 지속되자 걱정됐다. 삭막한 분위기에서 밥 먹으면 소화가 안 됐다. 자연스럽게 TV 앞에 상을 펴고 밥을 먹었다. 코로나로 생긴 우울감 극복 방법으로 반려 식물 키우기가 인기라고 했다. 베란다에 식물이 많으나 아이들의 관심을 끌진 못했다. 애완동물은 어떨까. 활기가 생길 거라 기대하고 아이들과 이야기했다. 배변 훈련, 산책이 필요 없는 고양이를 추천했다. 두 아이 모두 찬성했다. 고양이와 개를 함께 키우는 지인에게 자문했다. 지인은 길고양이 임시보호자에게 바로 연락했다. 기다렸다는 듯 사진을 보내왔 다. 작고 까만 몸. 애잔한 눈빛. 아이들에게 사진을 공유하고 퇴근 후 보 러 갔다. 8마리의 고양이가 있다는데 한 마리도 보이지 않았다. 신기해 하는데 어디서 나왔는지 모르게 한 녀석이 다가왔다. 녀석이 내 가방에 관심을 보였다. 잠시 후 자연스럽게 내 무릎 위로 올라오는 것이 아닌가. 순간 얼음. 임시보호자는 흐뭇하게 보고 있었다. 사진 속 아이란다.

일주일 지나 고양이를 데리고 왔다. 이동 가방에서 나오지 않고 경계 했다. 큰아이가 장난감을 흔들며 스스로 나올 때까지 기다렸다. 잠시 후 조심스럽게 나오더니 여기저기 탐색하듯 다녔다. 나와 눈이 마주쳤다. 아무 일도 없었는데. 다가오더니 내 얼굴에 "냥펀치"를 날렸다. 당황한 나와 달리 녀석은 무슨 일 있었냐는 듯 무심한 표정. 고양이 이름을 두고 오랜만에 가족 단톡방이 시끌시끌했다.

까미(첫째 고양이)가 오고 열흘 뒤 세라에게 전화가 왔다. 세라는 천안시 고양이 보호 협회장이다. 녀석의 안부를 묻고 자연스럽게 추가 입양을 권유했다. 당황했다. 늦은 밤 느닷없이 '우다다' 뛰어다녀 층간소음으로 연락이 오면 어쩌나 걱정 중이었다. 야행성이라 새벽에 깨 안방과 거실을 울며 돌아다녔다. 수면 패턴이 깨져 퀭한 눈으로 출근했다. 말귀 알아듣는 사람이라야 군밤이라도 먹이지. 출근할 때 곤히 잠든 녀석을 보면 미워할 수 없었다. 녀석도 우리도 서로에게 적응 중이었다. 이런 상황에서 추가 입양은 자신이 없었다. 주저하는 내게 고양이 상황을 얘기했다. 안쓰러운 마음이 들자 거절할 수 없었다. 고양이 이름을 두고 가족 단톡방이 또 시끌시끌했다.

까미는 장애가 있어 비틀비틀 걷다 금세 넘어진다. 거실과 안방 바닥에 두꺼운 매트를 깔았다. 망고(둘째 고양이)는 어디든 뛰어오른다. 소파, 책상, 심지어 냉장고 위로 단숨에 뛰어오른다. 캣 타워, 고양이집, 화장실. 용품이 두 배로 늘었다. 거실은 고양이 거실이 됐다.

퇴근 후 현관문을 열면 까미는 비틀거리며 뛰어오고 있다. 넘어질까 염려하는 나를 향해 '냥냥' 하며 뛰어온다. 그 모습이 얼마나 사랑스러운지. 가방 내려놓고 쓰다듬으며 오늘은 어땠는지, 망고와 잘 지냈는지 묻는다. '궁딩팡'을 조금이라도 해야 저녁 식사 준비가 수월하다.

현관 밖에서 소리가 나면 겁 많은 망고는 잽싸게 숨는다. 몸집 작은 까미는 현관을 바라보며 으르렁거린다. 기특한 녀석.

출근 시간이 촉박해도 물 갈아주기와 화장실 치우기는 빠트릴 수 없다. 알레르기비염으로 집에서 마스크를 써야 한다. 새벽에 1~2번 깨 울고 다닌다. 통잠 자기는 한 달에 한 번도 어렵다. 불편한 점을 꼽자면 많다. 하지만 녀석들과 함께 있으면 좋다. 집에 얼른 가고 싶다. 힐링하러 특정 장소를 찾아가지 않아도 된다. 내가 행복한 곳이 힐링 장소지. 자는 모습도 예쁘고, 하품하는 모습도 예쁘고. 날 바라보는 눈빛도 예쁘고. 꼬맹이들을 보는 내 눈에선 꿀이 뚝뚝 떨어진다. 핸드폰 사진첩엔 어느새 꼬맹이들 사진이 가득하다. 좋아한다는 건 이런 거다. 그냥 좋다. 설명이 필요 없다.

좋아하는 것은 생각만 해도 눈이 초롱초롱 빛나는데 잘하는 건 음….
눈동자를 이리저리 굴리며 머릿속으로 생각한다. 찰나의 순간이지만 반응이 다르다.

고양이가 그냥 좋듯, 상담도 그런 걸까. 나에게 묻는다. '너는 상담하는 것을 좋아해? 아니면 상담을 잘하고 싶어?' 십 년 넘게 상담을 하고 있다. 한때 상담이 천직이라 생각했다. 상담으로 내담자가 힘을 얻는다. 일상으로 돌아가 건강하게 사는 모습이 좋았다. 내담자는 한 시간 상담하고 간다. 내 머릿속, 가슴속엔 여전히 내담자가 있다. 삶과 일이 분리

되지 않았다. 초보 상담사로 수련받던 시절. 강의 듣던 중 깊은 한숨을 쉬었다. 조용했던 강의실에서 모든 시선이 나를 향했다. 교수님이 한숨의 이유를 물었다. 헤매고 있는 사례 생각에 한숨이 났다고 솔직히 말했다. "사람 되려면 아직 멀었네." 강의실은 웃음바다가 됐다. 나도 따라 웃었지만 씁쓸했다. 어떤 의미인지 알았지만 서운했다. 그래도 괜찮았다. 상담을 좋아한다고 생각했으니까. 공부하고 수련받는 게 어렵지만 당연한 과정이라 생각했다. 전공 서적을 읽고 사례 발표도 꾸준히 참석했다. 전문성을 높이기 위해 박사과정도 마쳤다. 그럼에도 상담은 어렵고 부족하단 생각에 만족이 안 됐다.

공공기관에서 아동과 청소년 상담을 주로 했다. 학생 상담은 신청이 많아 주 1~2회 야간상담을 했다. 동료는 모두 상담사. 자주 만나는 사람도 상담사. 회사에서도 퇴근 후에도 상담이 주제였다. 주말엔 강의 들으러 다녔다. 상담이라는 깊은 바닷속에서 살고 있었다.

5년 전 이직한 회사에서는 상담 비중이 현저히 낮았다. 단 회기 전화상담이나 연계를 주로 했다. 직군도 다양해, 상담사는 나 혼자였다. 한 해 두 해. 상담사가 상담을 안 하니 직업정체성이 흔들렸다. 있어야 할 자리가 아닌 것처럼 느껴졌다. 상담 현장으로 다시 가야 하나 고민했다. 한편 좋은 점도 있었다. 직군이 다양하니 바라보는 시각이 달라 새로웠다. 당연하게 생각했던 것이 당연하지 않았다. 시간을 쪼개 쓰며 동동거리지 않아도 됐다. 마음에 여유가 생겨 건강에 신경을 썼다. 부족한 나를 비난하며 치열하게 살지 않아도 됐다.

상담과 거리를 두고 보니 알게 됐다. 상담은 좋아하기보다 잘하고 싶었다. 잘해서 제대로 돕고 전문가로 인정받고 싶었다. 늦게 시작한 상담 공부. 잘하고 싶은데 생각처럼 안 되니 조급해지고 쉽게 지쳤다. 배움과 적용이 더딘 내 성향을 무시하고 만 시간의 법칙이 통하지 않는다고 투덜거렸다. 막연한 목표를 정해놓고 과정보다 결과에 집중했다.

좋아하는 것으로 나의 행복은 충족된다. 잘하고 싶은 것은. 혼자만의 행복이 아닌 함께 행복하길 원하는 마음. 타인의 행복에 작은 힘을 보태고 싶은 마음이 깃들어 있다.

초심으로 돌아가 생각한다. 어떤 점이 좋았을까. 그때의 나와 지금의 나. 다른 점은 무엇일까. 답을 찾는 중이다. 디딤돌! 내가 하려 했던 역할은 종착점이 아니었다. 조급함을 버리고 나만의 속도로 찾으려 한다. 공을 들여 찾은 답은 내 삶의 안내자가 되리라 믿는다. 기여하는 삶을 살고자 하는 내가 흔들릴 때 붙잡아줄 힘!

7.
비참함을 뚫고 자유로 향하는 진실

쓰꾸미

"자기야, 우찬이가 학교폭력 가해자로 신고 접수되었어요."

저녁 7시 30분. 숟가락 내려놓는 소리. 아내는 다 먹은 식탁을 치우지 않은 채, 내 눈을 똑바로 바라보았다. 망설임 없는, 미세하게 떨리는 목소리였다.

순간 집안의 모든 소음이 진공청소기에 빨려 들어간 듯 사라졌다. 반문하지 않았다. 아내의 눈동자가 이미 모든 것이 현실임을 말하고 있었기 때문이다. 그 순간 내가 느낀 감정은 슬픔이 아니었다. 거대한 콘크리트 벽이 내 앞으로 무너져 내리는 듯한 압박감이었다. 피해자인지 가해자인지 되물었지만, 돌아온 대답은 명확했다. 가해자였다. 겁이 났다. 흔들렸다. 집안에서 내가 보아온 순한 아들의 모습과 학교라는 정글에서 살아남기 위해 보였을 낯선 아들의 얼굴이 겹쳐 보였다. 의심했다. 그 의심은 바로 나를 불안의 구렁텅이로 밀어 넣었다. 숨을 쉴 수가 없었다. 도망치듯 현관문을 열고 밖으로 나갔다. 아직 아들과 말 한마디 나누지 못했는데, 제멋대로 상상하고 흔들리는 가장의 모습이 비참했다.

집 앞 편의점 문을 열 때, 딸랑거리는 종소리가 신경을 긁었다. 계산대 앞에서 끊었던 담배와 라이터를 샀다. 편의점 밖 어두운 골목에 서서 비닐 포장을 뜯었다. 떨리는 손으로 라이터 불을 켰다. 탁, 하는 소리와 함께 붉은 불꽃이 올라왔다. 코로 들어오는 매캐한 연기. 핑 도는 어지러움과 함께 가슴 쪽 혈관이 수축하는 감각이 느껴졌다. 비로소 내가 지옥 한가운데 서 있음을 실감하게 했다. 주머니에서 스마트폰을 꺼냈다. 감정은 믿을 수 없었다. 지금 필요한 건 위로가 아니라 데이터였다. 생성형 AI '퍼플렉시티(Perplexity)'를 켰다. "학교폭력 가해자 조치 사항 및 대입 불이익." 떨리는 손가락으로 검색어를 입력했다. AI는 0.1초 만에 파란색 숫자로 출처를 달아 긴 답변을 쏟아냈다. 1호 서면 사과부터 9호 퇴학까지. 그리고 내년부터 모든 대학 전형에 학폭 기록이 반영된다는 차가운 텍스트들. 나 역시 대학을 졸업하고 회사에 취업했기에, 아들도 평범하고 안전한 길을 걷기를 바랐다. 그런데 아들이 학교폭력 가해자라니. 아들의 미래가 망가질지 모른다는 공포가 점점 커졌다. 어떻게든 덮어야 하나. 변호사를 사서 무마해야 하나. 수만 가지 생각들이 연기처럼 피어올랐다.

그때, 화면 하단에 AI가 덧붙인 문구가 눈에 들어왔다. '진정성 있는 사과와 책임.' 뻔한 말이었다. 하지만 그 뻔한 단어가 글쓰기 수업에서 배웠던 나의 철학을 건드렸다. 글을 쓸 때 자신을 포장하고 과장하면 독자는 기가 막히게 알아채고 떠난다. 반면 투박하더라도 정직하게 쓰면 마음을 움직인다. 삶도 글쓰기와 다르지 않다. 기교를 부리면 망한다. 마지막 담배 연기를 길게 뱉으며 마음을 다잡았다. '위기가 기회다.'라는 말은 너무 가벼웠다. 이것은 기회가 아니라, 아들의 진짜 얼굴을 마주해야 하는 '심판의 시간'이었다.

집으로 돌아와 아들을 불렀다. 식탁 위의 형광등 불빛이 마치 수술대 조명 같았다. 아들을 비췄다. 녀석은 고개를 숙인 채 무표정했지만, 입술은 파르르 떨리고 있었다. 어떻게 된 상황인지 물었다. 아들의 입에서 쏟아진 말들은 뒤섞여 있었다. 누가 했는지, 언제 했는지, 무엇을 했는지. 앞과 뒤, 순서가 맞지 않았다. "장난이었다.", "걔가 먼저 그랬다."라는 말만 되풀이했다. 듣는 내내 뜨거운 것이 치밀어 올랐다. 빨리 이 상황을 해결하고 불편한 감정을 피하고 싶었다. 아들의 서툰 변명과 충돌했다. 당장이라도 소리를 지르고 싶었다. "네가 고1이나 되어서 상황 파악이 안 돼!"라고 쏘아붙이고 싶었다. 식탁 아래로 손을 내렸다. 오른손 엄지 끝으로 검지의 세 번째 마디를, 있는 힘껏 눌렀다. 손톱이 살을 파고들어 하얗게 질릴 때까지. 그 통증에 집중하며 입을 다물었다. 지금 화를 내면 아들은 입을 닫겠지. 그리고 영원히 비겁한 어른으로 자랄 것이다. 거실을 채운 아들의 목소리가 잦아들고 침묵이 흐를 때까지 기다렸다.

"우찬아. 억울하지? 알아. 그런데 억울하다고 문제가 해결되지 않아. 아빠가 글쓰기를 배우면서 깨달은 게 있어. 독자를 설득하는 유일한 방법은 정직이야. 우리 인생도 똑같다. 두 가지만 하자. 첫째, 거짓 없이 솔직하게 말해. 둘째, '친구가 무엇을 했는지'는 빼고 '내가 무엇을 했는지'만 말해."

아들의 눈빛이 흔들렸다.

제임스 A. 가필드는 말했다.

"*진실은 너를 자유롭게 할 것이다. 그러나 그전에 너를 비참하게 만들 것이다.*"

아들은 지금 그 '비참함'의 터널 앞에 서 있었다. 자기 잘못을 인정하는 순간 찾아올 처벌과 비난이 두려운 눈치였다. 40대 중반인 나조차 두려운데, 열일곱 살 아이에겐 오죽하겠는가. 아들을 설득하는 과정은 고통스러웠다. 아들의 억울함을 들어주되, 그것이 변명이 되지 않도록 하나 하나 가지를 쳐내는 작업이 한 달 넘게 이어졌다.

마침내 학교폭력대책심의위원회(학폭위)가 열리는 날이었다. 교육지원청 복도의 공기는 법원처럼 차가웠다. 굳게 닫힌 문 안으로 아들이 들어갔다. 신고된 가해 항목은 일곱 개. 아들은 그중 여섯 개를 인정했다. 하지 않았다고 우기면 증거 불충분으로 넘어갈 수도 있는 항목들. 하지만 아들은 인정했다. 나머지 한 개는 사실과 다르다고 명확히 말했다. 3주 뒤, 결과 통지서를 받았다. '조치 없음.' 우리는 안도했다. 하지만 끝이 아니었다. 교육청 결과가 나오기도 전에 피해 학생은 경찰에 고소장을 제출했다. 민사 소송까지 예상된다. 행정 처분 결과에 불복해 행정심판도 진행될 것 같다. 산 넘어, 산이었다. 변호사를 대동하고 경찰서에 출석해야 하는 상황이다. 아들은 다시 고개를 떨구었다.

우리는 책상 앞에서 배울 수 없는, 인생의 가장 매운맛을 배웠다. 행동에는 반드시 책임이 따른다는 사실. 그리고 말 한마디 행동 하나가 타인에게 얼마나 깊은 상처가 될 수 있는지 뼈저리게 경험했다. 만약 우리가 처음에 이 일을 덮었다면 어땠을까. 아들은 "대충 넘어가도 되는구나."라고 배웠을지도 모른다. 경찰 조사를 앞두고, 다시 아들과 마주 앉았다.

"우찬아, 결과는 우리가 통제할 수 없어. 하지만 태도는 우리가 정할 수 있어. 경찰서에서도, 법원에서도 우리는 똑같이 할 거야. 잘못한 건 인정하고, 사과하고, 책임진다. 그리고 하지 않은 건 당당하게 말한다. 그게 네가 끝까지 잃지 말아야 할 자존심이야."

살면서 우리는 수없이 실수한다. 실수, 그 자체보다 더 나쁜 것은 실수를 덮으려는 비겁함이다. 남과 시시비비를 따지며 에너지를 낭비하기보다, 잘못을 인정하고 해결 방법을 찾는 태도. 그것이 내가 글을 쓰며 배운 '나다움'이었다. 아들이 완벽하길 바라지 않는다. 그것은 불가능하다. 대신, 넘어졌을 때 흙을 툭툭 털고 일어나는 법을 아는 사람, 자신의 상처보다 남의 상처를 먼저 볼 줄 아는 사람으로 자라길 원한다.

어떤 상황이라도 자신의 잘못을 인정하려면 진정한 용기가 필요하다. 아파트를 물려줄 능력은 없지만, 이번 사건을 통해 아들에게 정직할 수 있는 용기, 인정할 수 있는 용기를 물려주고 싶다.

"정직이 너를 당장은 비참하게 만들지라도, 결국엔 너를 가장 자유롭게 할 것이다."

이 한 문장을 가슴에 새긴 채, 우리는 내일 경찰서로 향할 것이다. 두렵지만, 비겁하지 않게.

8.
뜻하지 않게 만난 책

전길자

"뜻하지 않게 교양을 쌓게 된 나는 이제 어느 것이 내 생각이고 어느 것이 책에서 읽은 건지도 명확히 구분할 수 없게 되었다."

『너무 시끄러운 고독』, 보후밀 흐라발, p.9

『너무 시끄러운 고독』. 어려운 책이라고 했다. 두께만 얇지, 만만한 책이 아니라고 했다. 정말 그런가? 다시 펼쳐본다. 뜻하지 않게 교양을 쌓았다고? 이게 뭔 얘기여? 주인공은 35년째 폐지 더미 속에서 일하고 있는 사람이다. 그가 폐지를 압축하면서 그 속에서 발견한 책들을 읽은 탓에 뜻하지 않게 교양을 쌓았다는 문장이다. 『너무 시끄러운 고독』은 김유태 작가의 『나쁜 책』에서 소개된 책이다. 매주 토요일 아침마다 만나는 독서 모임 선배가 추천해 준 책이기도 하다. 책 두께가 얇아서 금방 읽을 줄 알았다. '하루면 되겠지.'라고 생각했다. 오산이었다. 3일을 꼬박 읽었다. 짧지만 많은 울림을 주는 소설이었다. 사람마다 생각의 각도가 다르겠지만, 나는 이 책을 통해 내 일에 대해 생각해 보게 되었다.

　11년째 보험영업을 하고 있다. 그 어렵다는 보험설계사로 살아남아 있다는 게 스스로 대견하다. 야심 차게 시작한 사람도 1년도 안 되어 떨어져 나간다는 그 세계에서 생존하고 있다. 돈을 많이 벌겠다고 시작한 일이 아니다. 입사 동기는 단순했다. 해외여행을 많이 해보고 싶다는 거였다. 대기업에 10년 넘게 다니며 돈도 부족하지 않게 벌었다. 그런데 해외여행 갈 때면 휴가 결재 받는 게 어려웠다. 나중에 이직하면 해외여행을 편히 갈 수 있는 곳이면 좋겠다고 생각했다. 그런 나에게는 보험 영업이 딱이었다.

　서울에서 27년을 살다가 아버지가 돌아가셔서 귀향했다. 아픈 엄마를 병간호하게 되었다. 고향인 천안에서 새로운 직장을 알아보았다. 내 나이 마흔여섯 살. 야간대를 다니면서 취득한 사회복지사 1급 자격증이 있었지만, 현실은 녹록하지 않았다. 나이가 많고 경력이 없다는 이유로 이력서를 내는 곳마다 퇴짜를 맞았다. 그래도 나름 대기업을 다닌 이력이 있는데, 아무 소용이 없었다. 현실은 차가웠다. '그래, 어차피 한 달 먹고사는 부분만 해결되면 된다.'라는 생각으로 일자리를 알아보았다. 그러던 중, 20대 후반의 조카가 다니는 삼성화재가 눈에 들어왔다. 이곳은 작은 엄마, 사촌 동생, 조카 등 친척들이 많이 다니는 곳이다. 서울에 살 때도 보험회사 다니면 해외여행을 많이 간다는 이야기를 듣던 터였다. 조카에게 물어보니, 일을 잘하면 해외여행을 보내준다고 한다. 여행에 가서 쓰라고 돈까지 준단다. 놀라웠다. 대기업에 다닐 때는 해외여행 휴가 가는 것도 힘들었는데, 회사가 해외여행을 장려한다고? 그런데 회사에 들어가겠다고 하니, 조카가 말린다. "이모는 영업 해본 적도 없으면서……. 이모, 하지 마! 영업 아무나 하는 거 아녀유." 조카에게 그런 말을 듣고 나니, 오기가 생겼다.

그렇게 시작한 보험영업을 지금까지 하고 있다. 내 맘대로 시간을 조절해서 쓸 수 있는 것이 좋다. 시간의 자율성. 9시부터 6시까지 정해진 시간에 출근하고 일할 때는 상상도 할 수 없는 일이었다. 아침 9시까지 출근해서 오전에 미팅하고 나면 10시다. 그 이후부터는 내 시간이다. 고객을 만나러 가든 놀러 가든 내 마음이다. 다음 달 급여 액수는 내가 정하면 되는 거였다. 열다섯 살에 만난 책 『적극적 사고방식』 덕분에 처음 만나는 사람도 어렵지가 않았다. 다만, 다양한 사람들을 만나다 보니 그들의 생각이 궁금했다. 보험 관련 책뿐만 아니라, 일반적인 책도 읽었다.

그러던 찰나, 우리 업계에서 고성과를 내는 선배와 밥을 먹게 되었다. 일 잘하는 비결을 알고 싶어서 점심 식사를 같이 한 것이다. 선배는 일에 대한 비법은 없다면서 책 이야기만 했다. 그 책에 비밀이 숨겨져 있기라도 한 것 같았다. 그 선배를 따라 독서 모임에 가입했다. 자기계발서만 읽었던 내가 독서 모임에서 추천하는 다양한 책을 읽게 된 계기였다.

『데미안』을 첫 번째 책으로 독서 모임에 참여한 지 벌써 3년째 접어든다. 올해 가장 기억에 남는 책이『너무 시끄러운 고독』이다. 나에게 뜻하지 않게 교양을 준 책이라 의미가 남다르다. 책을 다시 펼쳐본다. 이 책의 주인공 한탸는 말한다.

"몸에서 맥주와 오물 냄새가 나도 내 얼굴에 미소가 떠오르는 건, 가방에 책들이 들었기 때문이다. 저녁이면 내가 아직 모르는 나 자신에 대해 일깨워줄 책들."

『너무 시끄러운 고독』, 보후밀 흐라발, p.16

이 대목에 격하게 공감한다. 나 역시 내가 모르는 사실을 알려주는 책들을 만나면 얼마나 행복하던지! 일을 빨리 끝내놓고, 집에 가서 책 읽을 생각에 마음이 바빠진다. 주인공은 책을 너무 사랑해서 다른 선택권이 다시 주어진다 해도 다른 일을 할 생각이 추호도 없다고 한다. 폐지 속에서 주운 책을 퇴근하고 시간 내서 읽는 주인공은 책에 대한 사랑이 대단하다. 나도 그처럼 책과 일에 대한 사랑을 할 수 있을까?

일할 때는 사회복지사와 직업상담사의 마인드를 갖고 한다. 우리 일을 통해서 고객을 도와주자는 사회복지사의 사명. 주변 사람들에게 우리 일을 권하며 일자리를 소개하는 직업상담사의 역할. 보험설계사라는 직업을 통해서 두 가지 역할을 한다. 본캐는 보험설계사, 부캐는 작가를 꿈꾼다. 아니, 마라토너인 작가를 소망한다.

올해는 책에 대한 사랑이 독립 서점 투어로 이어졌다. 주말에 시간 될 때마다 독립 서점을 다녀왔다. 독립 서점마다 책방지기의 책 취향이 있다. 대형 서점에서는 느낄 수 없는 독립 서점만의 독특한 분위기를 느낄 수 있었다. 책방지기랑 이런저런 대화를 나누었다. 책을 좋아하는 것과 책을 판매하는 것은 별개의 일일 게다. 책 읽는 사람이 많지 않은 우리나라에서. 심지어 시골의 한적한 곳에 책방을 만들고, 뚝심 있게 책을 파는 책방지기들의 책 사랑에 대해서는 말해 무엇하랴. 독립서점에 가면 대형 서점에서 느끼지 못하는 새로운 것을 느끼고 온다.

책과 가까이하니, 생각지도 않은 좋은 일들이 생긴다. 독서 모임, 좋은 사람들과의 만남, 책방 투어 등. 무엇보다도 나도 모르게 조금씩 교양이 쌓이는 것 같다. 천천히, 시나브로.

4장

나의 문장이
누군가의 길이 되기를

1.
<u>지금 내가 할 수 있는 것</u>

강명경

"원하든 아니든 삶에는 변화가 찾아온다. (중략) 죽음과 노화를 인생의 한 과정으로 받아들여야 한다는 것이다. 오직 젊은이들만 죽음이나 노화를 마치 남의 일처럼 생각한다."

『만일 나에게 단 한 번의 아침이 남아 있다면』, 존 릴런드, p.288

내게 '변화'는 긍정적인 희망의 단어였다. 준비하다 보면 기회의 순간이 찾아온다고 믿었다. 그때가 와야만 변화라는 것을 만날 줄 알았다. 언제 올지 모르는 미래의 어느 날을 위해서 조금만 더 버티면 다음 단계로 넘어갈 수 있을 것 같았다. 긍정적인 변화만 생각했던 거였다. 지금의 삶에서 느끼는 불편함과 불안은 잠시 지나가는 순간들이라고 여기며 '과정'이라는 말로 덮었다. 그리고 죽음은 나에게서 아주 멀리 있다고만 생각했다. 하지만 삶에서 변화란 내 생각과는 아주 달랐다. 살다 보면 언제라도 만날 수 있는 소나기였다. 갑자기 내리는 비는 반가운 단비일 수도 있고 삶을 송두리째 뺏어가는 폭우일 수도 있다. 변화는 준비되지 않은 상태에서 예고 없이 찾아왔다.

2019년은 힘든 해 중 하나였다. 시골에 계신 외할아버지의 사고 소식을 들었다. 동네에서 밭일을 마친 후 경운기를 타고 가다가 승용차와 부딪쳤다고 했다. 그 사고로 대퇴부가 골절되어 급하게 수술받아야 하는 상황이었다. 갑작스러운 소식에 가슴이 철렁했지만, 다행히 수술은 잘 끝났다. 회복을 위해 요양병원으로 옮겼고, 좋아지면 퇴원해도 된다는 의사의 말에 안도했다. 11월 어느 아침, 엄마에게 전화가 왔다. 할아버지가 새벽에 갑자기 돌아가셨다고. 그 말을 전하는 엄마는 애써 울음을 삼켰지만, 파르르 떨리는 목소리에서는 표현하기 어려운 허망함과 깊은 슬픔이 전해졌다.

같은 해 8월, 할머니는 치과 진료 중에 턱에 이상 소견이 발견되어 정밀 검사를 권유받았다. 조직 검사 이후 암이라는 결과를 듣고 난 후부터 암세포는 점점 커졌다. 가족들은 점차 심해지는 할머니의 상태에 아슬아슬한 마음과 걱정 속에 살았다. 아빠는 거의 매일 퇴근길에 병원에 들러 할머니 얼굴을 뵙고 왔다. 80대 할머니가 받기에 힘든 대수술이었다. 그러나 두 번이나 재발이 되어 날이 갈수록 상태가 악화되었다. 의사 입에서 마음의 준비를 하라는 말을 들었다. 조금이라도 할머니가 지내던 곳에서 편안하게 계시기를 바라는 가족들의 의견을 모아 큰아버지 댁으로 모셨다. 12월, 조용히 눈을 감고 떠나신 할머니. 우리는 할머니가 더이상 아프지 않고 편안한 곳에서 영면하시길 기도했다.

한 해에 나의 부모님은 각자의 어머니와 아버지를 먼 곳으로 보내드렸다. 그러한 슬픔을 가장 가까이서 보았다. 죽음은 갑작스러워도, 미리 마음의 준비를 해도 너무나 고통스럽다. 가까운 사람들의 작별을 만나면서 내게도 멀리 있는 일은 아니라고 느꼈다. 삶에서 죽음은 인생의 한 과정이다. 생명을 보장받는 시간은 누구에게도 없다. 그러니까 먼 미래를 위해 지금을 희생하지 않기로 한다. 내게 아침이 한 번 남아 있는 것처럼 오늘을 최대한 즐겁게 살아봐야지.

"삶의 목적은 목적이 있는 삶을 사는 것이다."

『왓츠 유어 드림』, 사이먼 스퀍, p.78

인생의 목적에 대해 생각해 본다. 꿈이라고 하면 왠지 멀리 있는 것처럼 느껴지고 거창해 보이기까지 한다. 무엇 때문에 살아가고 있는지 떠올려 보면, 힘들 때마다 내 곁을 지켜준 사람들이 먼저 떠오른다. 누군가에게 상처를 받았을 때, 그 상처와는 아무 관련 없는 사람들에게서 위로를 받기도 했다. 그들이 건네준 말과 시선, 온기와 관심은 분명 사랑이었다. 얼어 있던 마음이 조금씩 녹아내렸다. 그렇듯 마음을 전하는 온기가 있으면 삶은 더욱 충만해질 수 있었다. 빛처럼 스며든 따뜻함은 나역시 그런 사람이 되고 싶게 했다. 편견 없이 사랑을 베풀 줄 아는 사람으로 살아가고 싶어졌다.

일이 잘 풀리는 날이면 그날은 유난히 뿌듯했다. 비워진 부분이 채워진 것 같았다. 일이 삶의 전부는 아니지만, 한편으로 일은 나를 지켜주는 힘처럼 느껴지기도 했다. 일이 있으면 감사했지만, 그 뒤에는 중요한게 빠져 있었다. 일을 왜 하는지, 시간은 어디로 향하고 있는지, 나는 어떤 모습으로 살아가고 싶은지 깊게 고민해 보지 않았다. 방향 없이 달리다 보니 지치는 건 당연했다. 비슷한 시기에 무언가를 시작한 사람들은 각자의 방식으로 영역을 넓혀갔다. 그럴수록 나는 뒤처지는 건 아닌지, 이대로는 괜찮은 건지 제자리에 서 있는 것 같았다.

슬럼프가 찾아올 때마다 책을 펼치는 것부터 시작했다. 책에는 내가 살아보지 못한 작가의 귀한 경험이 담겨 있다. 문장을 따라가며 감정에서 한 발 떨어져 나를 바라보기도 한다. 관계에서도 비슷했다. 관계는 내가 통제할 수 있는 영역이 아니다. 애써 붙잡으려 할수록 마음은 더 지쳐간다. 내가 할 수 있는 건 마음을 온전히 쓰는 것, 그다음은 흘러가도록 두고 지켜보는 것뿐이다. 나를 단단하게 굳히고 싶은 만큼 최선을 다해본다. 다음의 결과는 본전을 찾을 수도 있고 아닐 수도 있다. 그래서 이제는 더 중요한 것, 쉽게 소진되지 않는 삶을 위해 '더 많이, 빠르게'가 아니라 '더 오래' 남는 방법을 고민한다. 성과보다는 삶을 대하는 태도에서 결과보다는 과정과 방향성이 더 중요한 것 같다.

책을 읽는다고 해서 드라마처럼 인생이 확 바뀌는 건 아니지만, 분명히 삶은 변화하고 있다. 책에서 얻은 변화는 정답이 아닌 태도였다. 잘 살아야만 한다는 조급함 대신 남의 속도에 휘둘리지 않고 나만의 리듬을 타는 방법, 실패해도 다시 할 수 있다는 믿음이다. 내 속도에 맞춘 휴식은 느림 속에서 찾았다. 고요히 내가 지금 있는 곳에 집중하고, 아무런 방해 없이 생각하며 고민하며 글을 쓸 수 있는 것. 경험하는 그 순간에 집중해서 최대한 즐겨보려고 한다. 별일 아닌 일도 적는다. 기록이 쌓일수록 좋은 일들이 더 많이 생기는 것 같다. 나라는 사람에 대한 추억도 풍부해진다. 과거의 내 선택에 좌절하고 실망했지만, 살기 위해 선택한 방식이었다는 깨달음은 하나의 전환점이 되었다. 그렇게 나에 대해 더 집중하고 이해할 수 있게 된다.

동네에 자주 가는 단골 카페가 있다. 날씨가 쌀쌀해질수록 생각나는 곳이다. 깊고 진한 라테를 주문한다. 그리고 카페에서 가장 좋아하는 큰 창가 앞자리에 앉는다. 그 앞에는 빨간 벽돌로 쌓은 낮은 담벼락이 있고, 작은 크리스마스트리가 있다. 옆에는 갈대가 바람에 따라 이리저리 몸을 기울인다. 눈앞의 풍경을 바라보면서 쓸쓸하면서도 진한 커피의 맛을 천천히 입 안에 머금는다. 늘 같은 커피잔인데 오늘은 유난히 하얗고, 커피는 더 짙은 갈색이다. 커피가 줄어들수록 온도는 미지근해지고 잔 안에는 한 모금씩 나눠서 마시는 만큼 나이테처럼 흔적이 남는다.

시간은 그렇게 지나간다. 잔을 가만히 바라보니 인생을 닮은 것 같다. 마시기 전에는 어떤 맛인지 몰라 궁금하다. 한 모금씩 천천히 마시다 보면 그 카페만의 깊은 맛이 느껴진다. 하얀 컵 안에 무엇을 담을지 정하고, 그 안에서 하나씩 경험할수록 흔적이 쌓인다. 모든 순간은 그렇게 서서히 나에게 남는다. 나이가 들수록 건강은 예전 같지 않고, 열정은 서서히 식어가며, 기억도 흐려지겠지. 그래도 삶의 순간마다 새겨진 과정과 추억은 어떤 방식으로든 남는다. 커피잔에 남은 나이테 모양처럼 말이다.

삶은 여전히 변하는 중이고, 완벽하게 준비된 순간은 없다. 변화를 피하지 않고 내 몫의 삶을 살아가겠다는 태도만 있다면 그래도 괜찮다. 내 속도로 걸어간다. 오늘도 책장을 넘기고 하루를 산다.

2.
<u>내가 글을 쓰는 이유</u>

강혜진

"자신의 이야기를 솔직하게 쓰기 위해서는 용기가 필요하다. 그 용기는 타인을 도울 수 있다는 확신에서 비롯된다. 명심하라. 어떤 삶이든 가치가 있다."

『책쓰기』, 이은대, p.158

아들딸을 살뜰히 챙기며 성적을 관리하고 대학 진학시킬 욕심을 품는 엄마는 아니다. 허술하기 짝이 없고, 하루하루 살기 바빠 아이들 밥도 제때 못 챙겨주는 엄마다. 일주일에 절반은 8시쯤 퇴근하는 날이 이어지는 요즘. 저녁 시간이 되면 남편이 배달 음식을 시켜 아이들 저녁을 챙길 때가 많다. 덕분에 나는 별 고민 없이 차려진 저녁을 먹는 복 받은 아줌마로 산다. 가끔 6시가 되기 전 집에 들어가면 오늘은 해가 서쪽에서 떴냐고 가족들이 놀랄 때도 있다. 그만큼 바쁘고, 그래서 미안하고, 아이들이 이만큼 바르게 크는 것만 해도 감사하게 여기며 산다.

그럼에도 하나만큼은 욕심내는 것이 있다. 바로 독서다. 다른 공부는 몰라도 책 읽는 습관만큼은 아이들에게 물려주고 싶었다. 아직 '엄마' '아빠'도 제대로 말하지 못하는 아이 앞에서까지 과하게 손짓, 발짓 해가며 동화를 읽어주던 때가 있었다. 그 덕분인지 아들은 책을 사랑하는 어린 시절을 보냈다. 심심하면 책 읽어 달라던 첫째와는 달리 둘째는 아무리 재미있는 책을 열심히 읽어줘도 영 관심이 없었다. 그림 그리기를 좋아하는 둘째에게도 독서하는 습관을 길러주고 싶어서 '딱삼독'이라는 저녁 독서 모임의 첫 멤버가 되기로 작정했다.

딱삼독. 딱 삼십 분 독하게 독서하는 모임이라는 뜻이다. 매일 밤 8시 30분부터 30분간 진행된다. 아이들과 엄마들이 온라인 모임에 접속해 화면을 켜고 각자 책을 읽다가 9시에 책을 들고 인증샷을 찍는다.

휴대폰이 없어 투덜거렸던 딸. 독서하잔 말엔 관심도 없다가 "독서 모임 하려면 휴대폰이 필요하긴 하겠네…." 하고 흘린 말 한마디에 결국 독서 모임 멤버가 되었다.

아이와 엄마가 함께하는 독서 모임은 생각보다 내 일상의 큰 부분을 차지했다. 엄마들은 아이들이 책 읽기에 재미를 느낄 수 있도록 독서 골든벨, 독서 토론, 독서 퀴즈를 함께 진행했다. 그리고 아이들과는 별개로 자녀 양육에 도움이 되는 책을 정해 함께 읽었다. 매일 소액의 참가비를 내고 독서 인증을 하며 아이를 기를 때 필요한 정보를 공유했다. 엄마들이 낸 참가비를 모아 아이들에게 줄 선물을 마련했다.

올해 초 함께 읽은 책은 김종원 작가의 『너에게 들려주는 단단한 말』이었다. 짧고 간결한 문장, 청소년을 위한 메시지. 어른인 내가 읽어도 배울 점이 많았다. 아이들에게도 읽히고 싶었다. 하지만 학습만화와 예쁜 동화책만 찾는 아이들에게 어떻게 건넬지 고민하다가 한 가지 꾀를 냈다.

책에서 마음에 와닿는 문장을 필사하고, 그 문장에 내 생각을 얹어 아들딸에게 편지를 썼다. 그때부터 "사랑하는 주원아, 주하야!"로 시작하는 편지를 매일 아침 쓰기 시작했다.

아침마다 손 편지를 써서 식탁 위에 올려두었다. 아이들이 바빠 못 볼까 가족 단체대화방에도 사진을 찍어 공유했다. 오늘이 아니라도 한 번은 읽어 보겠지 하며 카톡 프로필에도 편지를 올렸다. 정작 읽어주었으면 하는 아이들의 반응은 시큰둥했다. 그래도 언젠가 엄마의 진심이 아이들 마음에 가닿을 거라 믿으며 8개월간 200편이 넘는 편지를 썼다. 노트 네 권이 꽉 찼다.

직접 전하기 서툴렀던 말들. 세상 살아가는 지혜, 멋진 어른이 되는 법, 자기 자신을 괴롭히지 않고 살아가는 방법. 편지에 담아 전하니 그동안 소홀했던 엄마 노릇을 만회하는 기분이 들었다.

뜻밖에도 그렇게 쓴 편지가 기대도 하지 않았던 사람들에게 더 많은 반향을 일으켰다. 어쩌다 감기 몸살로 편지를 쓰지 못한 날은 "오늘은 편지 없나요?" 하고 누군가 메시지를 보내왔다. 한동안 연락 없던 친구에게도 전화가 왔다. 내 삶이, 내 말들이 누군가에게 조금이라도 힘이 되는다는 사실이 묘하게 나를 깨우고 매일 아침 손 편지를 쓰게 만들었다.

3년 전, 작가가 되어야겠다는 굳은 결심을 했을 때 심장을 가장 뛰게 만든 건 무엇이었나. 나의 인생이, 내가 겪은 실패담이 누군가에게 위로와 용기를 준다는 것이었다. 그들의 인생에 큰 도움이 된다는 말이었다.
돕는 것. 부자가 되는 것보다, 편안한 삶을 사는 것보다, 남에게 도움이 될 때 가슴이 가득 찬 것처럼 행복하던 내가 아니던가. 내 것 손해 보지 않으려고 큰소리칠 때보다 다른 사람이 손해 보지 않도록 도울 때 더 큰 소리로 용기 내던 내가 아니던가. 혼자 유명해지고 부자가 되기 위해 책 쓰기가 좋은 방법이라고 했다면 지금처럼 새벽같이 일어나 이렇게까지 꾸준하게 글을 읽고 쓰지는 못했을 것이다.
아무래도 나를 가슴 뛰게 하는 건 나의 글을 읽는 사람이 용기를 갖고 꿈을 꾸게 되는 것이다. 내 글이 누군가의 캄캄한 길에 한 줄기 빛이 되어주는 것이다. 초등학교 6학년 딸과 중학교 2학년 아들이 훌륭한 어른으로 성장하는 것을 돕는 것이다. 누군가를 도와 세상이 조금 더 따뜻한 곳이 되게 하는 것이다. 그래, 그거면 됐다!

매일 아침 아이들에게 편지를 쓰며 용기가 생겼다. 지난여름부터 내 인생을 30꼭지의 에세이로 묶어 브런치에 연재하고 공모전에도 응모했다. 수상할 만큼의 글은 아니지만 그래도 누군가 읽으며 웃고 힘을 내면 좋겠다는 마음에서 시작한 일이었다.

얼마 전 공모전 결과가 나왔다. 비록 당선에는 실패했지만 연재했던 글을 출판사에 투고할 예정이다. 또 어찌 알겠나. 보잘것없는 내 인생에서 용기를 얻고 살아갈 힘을 얻을 사람이 또 있을지. 그 대상이 내 아들딸이면 더 좋겠다. 그래서 나는 오늘도 쓴다. 좋은 글을 쓰기 위해 더 나은 삶을 살려고 하고, 더 나은 사람이 되려고 노력한다.

책이 나를 바꾸었고, 이제는 내가 쓴 글이 또 누군가의 삶을 조금이라도 더 나은 쪽으로 움직여 주길 바란다. 양초의 불씨처럼, 캄캄한 바다의 등대처럼, 어둠 속에서 반드시 누군가에게 닿는 빛이 되고 싶다. 조용히 그러나 꾸준히, 오래도록 마음을 따뜻하게 데워주는 온기가 내 글에서 흘러나오길 바란다. 그런 변화가 단 한 사람에게라도 스며들 수 있다면, 그게 내 아이들이든, 혹은 나와 일면식이 없는 그 누구라도, 그 사실만으로도 내가 글을 쓰는 이유는 충분하다.

3.
나부터 행복해지는 일

고지원

"대부분의 사람들은 자신이 결심한 만큼 행복합니다."

에이브러햄 링컨

"엄마의 행복이 가족의 행복이다."

친정 엄마가 평소 자주 하던 말이다. 난 늘 고개를 끄덕였다. 엄마가 좋은 거라면 나도 좋은 거지. 의심할 여지가 없었다.

엄마는 초등학교 선생님이었다. 아침에 눈을 뜨면 이미 출근한 엄마의 빈자리를 내가 채워야 했다. 네 살 터울의 동생을 깨워 아침을 먹이고 문을 잠근 뒤 학교에 갔다. 스승의 날이면 엄마 가슴에는 멋진 카네이션이 달려 있었다. 가끔 집에서 학교 일을 하실 때면 세상에서 제일 능력 있는 선생님처럼 보여 자랑스러웠다. 난 학창 시절 내 일을 스스로

잘해내는, 이른바 '착한 K-장녀'였다. 엄마는 나를 믿고 대부분의 결정을 스스로 하게 했다. 자유로운 선택에는 그만큼 책임이 따른다는 것을 나는 덕분에 일찍 배웠다.

중학교 시절, 아파트 앞 상가 2층에 작은 책방이 있었다. 엄마는 주말이면 여유롭게 책 읽는 것을 좋아하셨다. 좁은 가게 한편에는 색이 바랜 중고 책들이 진열돼 있었고, 반대편에는 대여용 비디오테이프들이 꽂혀 있었다. 엄마가 한가득 책을 고르는 동안 나는 보고 싶은 비디오를 찾는 재미에 빠지곤 했다.

일요일이면 집 근처 반찬 가게에 온 가족이 출동했다. 먹음직스럽게 놓인 반찬들 가운데 먹고 싶은 것을 고를 수 있었다. 일하는 엄마에게 반찬 가게는 꼭 필요한 공간이었다. 엄마가 쉬는 시간에 요리까지 해야 했다면, 좋아하는 책을 볼 시간조차 없었을 테니까.

학교 선생님의 큰 장점은 방학이 있다는 점이었다. 두 딸이 대학생이 되자 엄마는 바쁜 아빠를 대신해 딸들과 여행을 다녔다. 나와는 체코, 헝가리, 일본을, 동생과는 덴마크, 노르웨이, 스웨덴, 터키, 인도와 베트남을 누볐다. 심지어 빅토리아 폭포를 보기 위해 혼자 패키지여행으로 남아프리카까지 다녀오시기도 했다. 엄마에게 '나중에'라는 말은 없었다. 몸이 건강할 때 많은 것을 보고 배워야 학생들에게 전해줄 것도 많다는 게 여행의 이유였다. 난 그 말에도 고개를 끄덕였다. 그리고 알고 있었다. 곰국을 한 솥 가득 끓여두고 집을 나서던 엄마의 얼굴에 번지던, 그 설렘 가득한 표정을 말이다.

스스로 큰 세상을 품었던 엄마는 매사에 도전적이고 활기가 넘쳤다. 엄마의 행복 도파민은 고스란히 가족에게 스며들었다. 할 수 있다는 자신감, 뭐든 잘될 거라는 긍정적인 마음. 여행 가방에 매달린 '김혜심' 이름 태그처럼, 엄마의 인생 여행의 주인공은 언제나 엄마 자신이었다.

김혜심의 맏딸 고지원은 좋은 사람을 만나 스물일곱에 결혼을 했다. 결혼하고 아이를 낳는 일이 아침에 일어나 세수하고 이를 닦는 것처럼 당연하다고 여겼다. 엄마도 그랬으니까. 하지만 '엄마 수업'은 생각보다 훨씬 혹독했다. 12년 의무교육을 마치고 대학교를 6년이나 다녔지만, '엄마'와 '아내'라는 과목은 처음 겪는 초고난도 수업이었다.

낙제만 면하려는 매일의 몸부림이 이어졌다. 24시간 당직 근무를 하고 돌아와 다시 아이 둘을 돌봤다. 외출은 주로 놀이터와 키즈카페, 공원이 전부였다. 백화점을 몇 바퀴를 돌아도 손에 들린 것은 늘 아이들 옷뿐이었다. 몸은 떨어져 있어도 정신은 늘 아이들에게 붙잡혀 있었다. 24시간 중 나를 위한 시간은 사치였다.

큰아이가 여덟 살이었을 때, 다섯 살 동생과 둘이서 처음 만화영화를 보던 날이 있었다. 아이들을 극장 좌석에 앉히고 출구 위치를 몇 번이나 알려준 뒤 돌아서는데 기분이 묘했다. 아이들이 컸다는 대견함과, 오랜만에 얻은 자유 시간의 기쁨이 동시에 밀려왔다. 남편과 영화관 밖에서 커피를 마시며 그 역사적인 날을 자축했다. 한동안 잊고 지냈던 '나만을 위한 시간'을 온몸으로 느낀 날이었다.

바라만 봐도 배부른 아이들, 든든한 남편, 건강하신 양가 부모님, 잘 굴러가는 차와 따뜻한 집. 겉으로 보기에 나는 충분히 행복한 조건들을 갖추고 있었다. 하지만 그 안에서 가장 중요한 사람은 나, '고지원'이었다. 내 마음을 제대로 돌보고 내가 행복해질 수 있는 방법을 찾아보기로 했다.

우선, 외부와 단절할 수 있는 나만의 틈새 시간을 만들어 보기로 했다. 『하버드 새벽 4시 반』, 『나의 하루는 4시 30분에 시작된다』를 읽었다. 동트기 전 일어나 명상을 하고 하루를 계획하는 삶. 며칠간 새벽 기상에 도전했지만 오전 내내 졸음과 싸워야 했다. 내게 미라클 모닝은 맞지 않았다. 남들이 좋다는 방식을 그대로 따를 필요는 없었다. 대신 하루 중 틈나는 시간에 책을 읽고 음악을 듣고 산책을 했다. 10분이든 30분이든, 아이들이 자는 시간이나 일과 중간의 틈을 활용하면 시간은 얼마든지 만들어졌다.

『달라이 라마의 행복론』에서 바깥세상으로 향한 마음을 명상을 통해 안으로 돌려 의식의 자연스러운 상태를 알아차리려는 노력이 필요하다는 구절을 읽은 적이 있다. 거창한 명상이 아니더라도, 휴대폰과 거리를 두고 나에게 쉼을 주는 시간이 필요하다는 생각이 들었다. 첫째가 초등학생이 되기 전까지 휴가는 남편과 단둘이 다녔다. 나에게 '휴식'을 주는 것이 진정한 휴가라고 생각했기 때문이다. 아이들을 시터 이모님께 맡기고 발리를 시작으로 북경, 시드니, 오키나와, 삿포로, 대만까지 둘만의 여행을 했다. 아이들이 커갈수록 틈새 시간도 자연스럽게 늘어났다. 요즘은 그 선물 같은 시간을 어떻게 잘 쓸지 고민하는 일이 또 다른 기쁨이 되고 있다.

다음으론 마음의 스트레스를 해소하기 위한 방법을 고민했다. 스트레스는 평정심을 유지하는 데 치명적이었다. 일과 인간관계, 심지어 사랑하는 사람들 사이에서도 스트레스는 그림자처럼 따라다녔다. 내가 터득한 해소 방법은 '대화'였다. 혼자 하는 대화, 그리고 누군가와 나누는 대화. 둘째가 태어난 뒤 10년 넘게 카카오스토리에 기록을 남겼고, 2024년부터는 블로그에 일상을 쓰고 있다. 글로 나누는 대화는 단순한 기록을 넘어 나를 위로하고 다시 나아가게 한다. 그래서 매일 꾸준히 쓰려 노력하고 있다.

남편은 내 대화 상대 1순위이다. 슬픔도 나누면 반이 된다는 말처럼, 늘 내 편이 되어주는 사람에게 가장 많은 고민을 털어놓는다. 참 든든하다. 천안에 산 지 18년째지만 자주 연락하며 지내는 지인은 다섯 명 남짓이다. 대신 고민을 나눌 수 있는 소수의 사람들과 오래 깊은 관계를 이어가고 있다. 나이가 들수록 '내 사람'과의 관계가 삶의 가장 든든한 지지대라는 생각이 든다.

마지막으로, 내가 하고 싶은 것을 끊임없이 물어보고 행동하기로 했다. 아이들이 중고등학생이 되자 육아의 숨통은 트였지만, 이번엔 일이 문제였다. 병원의 불규칙한 당직 근무와 스트레스는 집에서도 고스란히 이어졌고, 가족들에게 짜증을 내는 일이 많아졌다. 결국 2024년 2월, 대학병원 교수직을 내려놓았다. 폭주 열차처럼 달려온 삶에 재정비가 필요했다. 쇼펜하우어는 인간을 행복으로 이끄는 것은 욕망이라고 말했다. 나는 내가 하고 싶은 것들을 버킷리스트처럼 적어 내려갔다. 책 읽기, 글쓰기, 요리, 러닝, 그리고 좋은 엄마와 아내로 살아가기. 상상 속에만 있던 것들을 하나씩 실천할 때마다 삶의 감각이 또렷해졌다. 어두운 바다 위를 표류하던 나는 이제 불빛을 따라 항해하고 있다. 가슴에 더 많은 불빛을 품은 채로.

아침 7시 30분. 남편은 출근하고 중학생 아들은 학교에 간다. 온전히 혼자만의 시간이다. 막 내린 커피 향과 따뜻한 햇살이 집 안을 채운다. 휴대폰 캘린더로 하루 일정을 확인한다. 전날 네 번째 10km 마라톤 대회를 완주했지만 몸은 가볍다. 노트북을 켜고 블로그 글감을 정리한다.

하루 중 나를 가장 깊이 만나는, 감사하고 행복한 시간이다.

행복은 사막의 오아시스를 찾아 떠나는 여정이 아니란 걸 깨닫는다. 내 발아래 여기저기 흩어져 있던 행복의 조각들을 미처 보지 못했을 뿐이다. 피부 관리나 다이어트가 겉모습을 가꾸어 준다면, 자신과 대화하며 스스로를 토닥이는 시간은 내면과 외면을 동시에 빛나게 만든다. 참으로 가성비 좋은 행복법이다. 그렇게 얻은 행복은 나에게만 머물지 않고 가족과 주변 사람들에게 자연스럽게 전해진다.

나도 좋고 남도 좋은 행복을 추구해야 행복이 지속된다는 법륜 스님의 말을 되새긴다. 나의 행복을 찾아가는 여정은 앞으로도 계속될 것이다. 바람이 있다면, 남은 생애 동안 '너의 행복이 나의 행복'이 될 수 있는 성숙한 어른으로 성장하는 것. 나는 엄마의 행복이 가진 힘을 믿는다.

4.
51%로 건너가는 시간

김하세한

"두 사람이 주고받는 단어를 한쪽이 이해하지 못하는 '언어빈곤' 현상이 있다. 빈어(貧語) 혹은 빈어증(貧語症)이라고 한다."

『언어를 디자인하라』, 유영만, 박용후, p.107

책을 읽고 싶었다. 잘 읽고 싶었다. 1,000권쯤 읽었다고 말하고 싶었다. 책을 많이 읽고 '박학다식'한 사람이 되고 싶었다. 한 번 읽은 책은 기억에 남길 원했다. 현실은 달랐다. 마음을 다잡고 책을 펼쳐도 한 장 넘기기 어려웠다. 생각은 이미 다른 데 가 있었다. 읽은 건지 스친 건지 알 수 없었다. 눈꺼풀은 금세 무거워졌다. 책이 수면제 같았다. 혼자 읽으니 재미없었다. 더 큰 문제는, 왜 읽어야 하는지 목적이 없었다. 왜 책을 읽어야 할까. 스스로에게 질문해도 답하지 못했다. 목적이 없으니 읽다 멈추길 반복했다.

환경을 바꾸기로 했다. 읽고 싶어질 때는 오지 않을 거다. 읽을 수밖에 없는 상황을 만들기로 했다. 독서모임에 가입했다. 만만치 않았다. 7년 됐다고 했다. 책과 함께 성장한 사람들. 말 한마디에 삶이 보였다. 문장 하나에 힘이 있었고, 질문에는 깊이가 있었다. 놀라웠다. 아! 이 사람들이 진짜 책을 읽는 사람들이구나.

매주 토요일 아침 7시. 몸도 마음도 피곤하다. 여전히 잠이 덜 깬 주말의 아침이다. 눈을 비비며 옷을 차려입었다. 읽던 책을 가방에 넣고 차 키를 챙긴다. 주차장은 아직 깜깜하다. 삐빅, 차 문을 열고 자리에 앉아 눈을 비볐다. 정신 차려야지.

두 시간 남짓 책 이야기를 나누었다. 책은 미리 정해져 있다. 한 주 동안 읽고 와서 감상을 나누는 방식이다. 나이도 성별도 묻지 않는다. 호칭은 모두 '선배님'이라 부른다. 호칭이 낯설었다. 누구에게나 모든 인생에는 배울 점이 있다는 뜻이라고 했다. 책에서 건져 올린 문장을 자기 삶에 비추어 풀어낸다. 경험을 거쳐 나온 이야기에는 무게가 실려 있었다. 할 말은 하나뿐이었다. 대단하다. 기세에 눌렸다. 시작하자마자 그만두고 싶었다. 꾹 눌렀다. 책은 읽고 싶었다. 어떤 분야든 상관없었다. 선정되면 읽었다. 그만두지 않길 잘했다.

1년, 2년이 지나자 변화가 나타났다. 가방 안에 늘 책이 있었다. 자동

차 옆자리에도, 뒷자리에도, 트렁크에도 책이 있다. 잠깐의 틈이 생기면 책을 펼쳤다. 자투리 시간을 이용해 책을 읽는다. 쉽지 않은 날도 많았다. 버거운 책도 있었다. 그래도 한 장씩 넘어갔다. 시간이 쌓이면서 독서는 일상이 되었다. 자연스럽게 책을 집어 들었다. 끌리는 문장을 만나면 마음이 먼저 움직였다. 읽는 일에는 더 이상 결심이 필요 없었다. 이렇게 하면 결국 나도 책을 읽는 사람이 되어간다는 걸, 그제야 깨달았다.

책은 '친한 동무'가 되었다. 옆에 두어야 마음이 놓인다. 손에 잡히면 안심이 된다. 곁에 있다는 사실만으로도 마음이 정돈된다. 이쯤이면 일상에 책이 절반은 자리 잡았다고 생각한다. 절반이라고 말하는 분명한 이유. 곁에 두는 일은 자연스러워졌지만, 한 권을 끝까지 읽어내는 일은 여전히 쉽지 않다. 애정은 충분하다. 다만 독서라는 행위가 몸에 배었다고 말하기엔 멀다. 물 흐르듯 손이 책으로 향해야 한다. 그런데도 책을 읽겠다고 마음먹는 순간, 준비부터 한다. 책상을 정리하고, 커피를 내리고, 주변을 고요하게 만든다. 그제야 읽을 준비가 되었다는 마음가짐. 독서보다 환경이 먼저 갖추어져야 책장이 넘어가는 사람처럼 느껴질 때도 있다. 아직 부족하다. 어쩌면 끝내 완벽한 독서는 할 수 없을지도 모른다. 그래도 괜찮다. 책은 이미 삶의 중심에 있다. 완벽한 100% 독서를 목표로 삼기보다, 50%에서 51%로 건너가기만 해도 충분하다.

왜 이렇게까지 책을 읽고 싶은지, 읽고 나면 정말 변화가 생기는지 궁금했다. 문장을 이해했다는 이유만으로 삶이 단단해졌다고 말할 수 있는지. '책을 읽는 사람', '독서를 꾸준히 하는 사람'으로 보이고 싶어 애쓰는 건 아닌지. 그런 질문들은 마음을 불편하게 만들었다. 외면하지 않기로 결심했다. 보여주기 위해 읽는 독서였다면, 오래전에 포기했을 것이다.

책을 소품처럼 장식해 둘 수는 있지만, 남에게 보이기 위해 억지로 버티며 읽는 대상은 아니다. 마음이 기울어야 비로소 페이지가 열리는, 그렇게 작가의 삶으로 들어가는 독서.

무엇이 나를 그 책으로 향하게 했는지 생각해 본다. 이유는 분명하다. 작가의 문장에서 내 마음을 알아보고 싶었기 때문이다. 표현하지 못한 감정, 설명하기 어려웠던 모순, 정리되지 않던 생각들이 책 속 문장 하나로 정돈되는 순간. 비로소 마음의 위안을 얻는다. 작가들, 작품 속 주인공들 또한 헤매고, 기뻐하고, 두려워하며 그들만의 시간을 지나왔음을 깨닫는다. 혼자가 아니다. 책은 글 동무가 되어 곁에 선다. 그 마음만으로 다시 힘을 얻는다. 앞으로 어떻게 살아야 할지, 고민하고 궁리하는 내가 된다.

독서를 시작했을 때, 가족 중에 책을 읽는 사람은 나뿐이었다. 집 안 곳곳에 책이 쌓여갔다. 의식하지 못했지만 가족들과 나누는 대화 속에 책 이야기가 자연스럽게 나오기 시작했다. '시나브로' 천천히 물들었다. '책'이라는 존재가 또 하나의 가족 구성원처럼 자리 잡아갔다. 독서모임을 시작한 지 1년쯤 지났을 때, 작은딸이 물었다.

"엄마, 나는 어떤 책 읽으면 좋아요?"

그 질문이 어찌나 반갑던지, 속으로 환호성을 질렀다. 딸아이는 골프 선수다. 멘탈 관리에 도움이 되는 책이 먼저 떠올랐지만, 자칫 '책으로 하는 잔소리'가 될 것 같아 마음을 거두었다. 독서가 즐거움이 되기를 바랐다. 윤정은 작가의 『메리골드 마음 세탁소』를 추천했다. 마음에 남은 상처와 후회를 '세탁'해 준다는 설정 속에서, 각기 다른 사연을 가진 사람들이 세탁소를 찾아온다. 이야기는 일상에서 누구나 한 번쯤 겪었을 감정의 결을 섬세하게 어루만진다. 지친 마음을 잠시 내려놓고 쉬어가게 하는 소설. 쉽게 잘 읽힌다. 책을 덮고 나면 나도 모르게 마음 한켠이 따뜻해진다.

딸이 그저 이 책 한 권을 끝까지 읽어주기만을 바랐다. 이틀 만에 책을 다 읽은 딸, 내가 읽었을 때보다 더 뿌듯했다. 좋았다. 그 마음을 말로 표현하고 싶었지만, 적절한 말이 떠오르지 않았다. 근사한 말이 나오지 않는다. 어떤 말을 해주면 좋을까.

언어가 부족하면 마음속의 감정은 밖으로 나오지 못하고 속에서만 맴돈다.

나는 빈어증이 분명하다. 감정이 벅차오르는 순간에도 알맞은 문장이 머릿속에서 바로 떠오르지 않는다.

"진짜? 대박! 우리 딸 장하다!"

지나치게 소박한 감탄사. 두 번째 책을 추천해 달라는 말에도 반응은 크게 다르지 않았다. 책을 읽는 사람의 표현이라고 하기엔 어설펐다. 그런데도 이상하게 그 순간은 좋았다. 감정이 서툴러도 괜찮았고, 표현이 근사하지 않아도 충분했다. 딸과 책으로 연결됐다는 사실만으로도 웃음이 나왔다.

지금도 표현력이 눈에 띄게 나아졌다고 말할 수는 없다. 다만 분명한 것은 책을 통해 빈어증에서 서서히 탈출하고 있다는 것. 부족함을 알기에 채워가고, 모자람을 인정하기에 보태며, 그렇게 조금씩 달라질 수 있다는 믿음을 품는다. 시간차를 두고 천천히, 하나씩 언어와 삶을 함께 만들어가는 중이다.

앞으로 맞이할 시간은 나만의 문장으로 채워갈 것이고, 내 문장들은 나만의 일상을 설계할 세계가 될 것이다. 그렇게 탄생한 '나의 문장'이 언젠가, 누군가의 삶에 울림이 되기를. 오늘도 51%로 넘어가기 위해 문장을 읽고 글을 쓴다.

5.
<u>소심한 기질, 당당한 성격</u>

김진하

"타고난 기질이 있지만 공들여 만들어 가는 성격은 나를 더 원하는 방향으로 이끈다."

33살, 다시 공부하려 대학에 입학했습니다. 전공은 청소년학. 오랜만의 수강 신청입니다. 필수 과목과 함께 성격심리학 수업도 신청했습니다. 원래 전공은 식품영양학이었으니 심리와는 거리가 멉니다. 하지만 전공과 별개로 오랜 관심사가 있었습니다. '원하는 바를 잘 전달할 수 있는 당당한 성격이 되는 법' 심리학에 그 길이 있지 않을까 싶었습니다. 게다가 발달심리학, 성격심리학 수업은 대학원 입학에 선수 과목이기도 했습니다. 기대에 부풀어 수업에 들어갔습니다. 막상 들은 강의는 이론 중심이었습니다. 내 가려운 곳은 잘 긁어주지 못했죠. 그래도 교수님은 답을 갖고 있을 것만 같았습니다. 학기가 끝날 때쯤 용기를 냈습니다.

수업이 끝난 후 교수님께 질문했어요.

"교수님, 성격이 바뀔 수 있을까요?"

벼르고 별러 한 질문에 짧은 답이 바로 돌아옵니다.

"안 바뀌죠. 성격 안 바뀝니다."

얼굴은 붉어지고 실망이 몰려왔습니다. '아니 내 소심하고 답답한 성격을 바꾸려고 이렇게 노력하는데 안 바뀐다니. 그럼 계속 똑같이 살라는 건가. 성격이 처음부터 타고난 거라면, 뭐하러 애쓰고 살지.' 이해가 안 됐습니다.

실망과 별개로 심리 과목은 성적이 좋았습니다. 공부도 할 만했고요. 학사 마지막 학기에 최우수성적 장학생으로 뽑혔습니다. 진학 장학금을 받아 대학원에도 입학할 수 있었죠. 그렇게 상담에 발을 들여놓은 지 20년 가까이 되었습니다. 그리고 그때 성격심리학 교수님과는 다른 답을 스스로 찾을 수 있었습니다.

대학원에서 석사를 마치고, 상담센터에 들어갔습니다. 상담하며 본격적으로 성격을 공부하기 시작했어요. 흥미가 있으니 관심이 갔습니다. 상담 영역은 공부할 분야가 다양했지만 그중 우선순위에 놓았죠. 가장 대중적인 MBTI로 시작해서 에니어그램, Ego-gram, MMPI, Neo 성격검사…. 좋은 스승을 찾아 다양하게 공부했습니다. 배우는 데 그치지 않고 상담에 바로 활용했어요. 꾸준히 임상데이터가 쌓였습니다.

그렇게 10년을 보내고 박사과정에 들어가면서 면접시험을 보게 되었습니다. 한 교수님이 어느 분야의 논문을 쓰고 싶냐고 질문했어요. 준비하지 않았지만, 평소 생각대로 빠르게 답했습니다. 성격에 관한 논문을 쓰고 싶다고. 한 사람에게 여러 성격검사를 해서 다양한 각도로 바라볼 수 있다면, 그 사람을 온전히 이해할 수 있지 않을까요.

2024년에 강의 기회가 생겼습니다. 매주 3시간씩 5회기로 진행되는 교권보호센터 연수입니다. 평소에 해보고 싶었던 꿈을 펼칠 절호의 기회였습니다. 즐겨 쓰는 성격 검사들을 모아 야심 차게 프로그램을 기획했습니다.

하지만 알고 있는 것과 가르치는 건 차원이 달랐어요. 대상도 일반인이 아닌 선생님들. 한 가지 심리검사로 3시간을 강의하려니 부담감에 잠도 오지 않았습니다. 중심을 잡으려 닥치는 대로 책과 동영상을 보고, 자료를 찾았습니다.

다섯 가지 검사 중 하나인 TCI(기질 및 성격검사)는 10년 전에 처음 접했습니다. 상담하며 사용 강의도 여러 번 들었고요. 하지만 초심으로 돌아갔습니다. 제목부터 검사가 나오기까지의 역사, 개발자에 대한 배경지식을 샅샅이 훑었습니다. 개발자 로버트 클로닌저는 정신과 의사입니다. 과학적인 성격검사를 만들고 싶어 했죠. 2007년에 한국판이 나왔으니 성격검사 중 최근에 만들어진 검사입니다. 다양한 지표 해석에 집중하다 보니 새롭게 다가온 내용이 있었습니다. 노력해서 후천적으로 좋은 성격을 만들었다면 타고난 기질을 조절할 수 있다. 유레카. 보는데 탄성이 나왔습니다. 그 여러 번의 연수에서 흘려들었는지, 마치 처음 듣는 말 같았습니다.

나를 바꾸고 싶다는 열망으로 달려온 시간. 그 애씀이 마침내 보상받는 느낌이랄까요. 깨닫고 나니 자각하지 못했을 뿐 변화는 이미 일어나고 있었습니다.

20년 전, 남편 회사 발령으로 천안으로 내려왔습니다. 10년 다닌 직장을 그만뒀고요. 기댈 연고도 없지, 애들은 어렸습니다. 다시 사회로 나가도 할 수 있는 게 없어 보였어요. 그때 용기를 내 두 아이를 어린이집에 맡기고 학습지 교사를 시작했습니다. 그러면서 차를 샀고, 사회에 다시 발을 들일 수 있었죠.

더 나아지려고 공부도 시작했습니다. 몇 년을 아등바등 살았어요. 하지만 별달라진 게 없었습니다. 계속 뭔가 했지만 발전하는 게 보이지 않고 여유 없는 생활에 지쳐갔습니다. 노력이 무슨 소용인가 싶고, 다들 편하게 사는데 나만 힘든 길을 걷는 것 같아 불평도 했어요.

그렇게 10년도 훨씬 지나니 조금씩 편안함이 찾아왔습니다. 힘들 때 나오던 히스테리 한 화가 어느 순간 사라졌고요. 경제적으로도 여유가 생겼습니다. 매번 걱정만 하며 미루던 병원도 다니게 됐습니다. 틈만 나면 눕고, 힘들었던 건강 문제가 해결되니 이제 운동도 할 만합니다. 가장 바라던 가정의 평화도 왔습니다. 지금은 원하는 걸 말하고 나를 놓치지 않고 잘 챙깁니다.

부지런히 살아 온 시간이 하나둘 모여 어느샌가 원하던 모습으로 변화된 일상을 마주합니다.

정교한 태엽 시계에는 눈에 보이지 않는 여러 톱니바퀴가 있습니다. 작은 톱니바퀴가 가장 빠르게 돕니다. 한 바퀴 돌면서 그보다 조금 더 큰 것을 돌리고 또 그다음 것을 돌리고. 결국 가장 큰 톱니바퀴가 철커덕 움직이며 시곗바늘이 움직입니다.

하루하루 쌓인 노력은 어디 가지 않습니다. 당장은 결과가 보이지 않더라도.

그 1초가 모여 1시간, 1년, 10년이 될 때 반드시 꽃이 핍니다.

성격도 그렇습니다.

타고난 건 있지만 공들여 만들어 가는 성격은 더 원하는 방향으로 나를 이끕니다.

6.
책임과 선한 의도

서림승희

"고통의 대부분은 실제의 사건 자체보다 그것에 대한 감정적 반응으로 더 커진다."

『좋은지 나쁜지 누가 아는가』, 류시화, p.201

2019년 12월 중국 우한에서 코로나-19가 발병했다. 독감처럼 잠시 유행할 줄 알았다. 재난영화에서 볼 것 같던 일들이 벌어졌다. 이동 제한, 근무(수업) 방식 변화, 모임 제한 등. 업무로는 숙박형 힐링 캠프가 중단됐다. 다른 프로그램은 비대면 방식으로 진행하거나 소수 인원으로 한정했다. 개인적으론 요양시설에 계신 엄마를 만날 수 없었다.

코로나-19 팬데믹 시기에 요양시설 면회가 전면 금지됐다. 겨우 일주일에 한 번 면회 가는 것도 죄송했는데. 그마저도 못 하니 주말이 가시방석이었다. 시설에 확진자가 나올까 불안했다. 면회 금지 기간이 길어

짐에 따라 엄마는 대화가 불가능해졌다.

"언니, 엄마가…엄마가 말을 못 해."

요양보호사가 엄마 귀에 전화기를 대주면 나 혼자 말했다. 영상통화는 엄마의 모습을 보는 것으로 만족해야 했다. 형제들과 통화하면 울음이 터지곤 했다. 코로나 대응에 총력전을 펼친 4년. 응급상황이 생길 때마다 엄마의 상태는 더욱 나빠졌다.

코로나-19 종식이 눈앞에 다가왔다. 조심스럽지만 희망을 품었다. 한 달 이내로 공식 발표가 있을 거라 예상했다. 거기에 맞춰 업무를 진행했다. 업무 인계서를 참고해 숙박형 힐링 캠프를 구상했다. 캠프업체 담당자와 통화하며 구체화했다. 바쁘게 일하다 보면 하루가 금세 지나갔다. 2023년 6월 초 엄마의 상태가 위중했다. 요양병원에서 엄마가 떠나실 때가 된 것 같다는 연락이 왔다. 이제 곧 제한 없이 만날 수 있는데.

"엄마! 엄마? 나 좀 봐봐. 엄마!"

천장만 바라보는 엄마의 얼굴을 양손으로 잡았다. 엄마를 부르며 내 쪽으로 얼굴을 돌렸다. 눈 맞춤이 안 되고 눈빛이 공허했다. 설상가상. 당뇨 합병증으로 엄지발가락을 절단했다. 엄마 발을 두 손으로 감싸 쥐었다. 엄마 혼자 감당했을 고통에 가슴이 뻐근해졌다. 형제들과 의견을 모았다. 더 이상 엄마를 아프게 하지 말자고. 이미 많은 고통을 겪으셨다. 오래 사셨으면 좋겠다는 바람은 자식들의 욕심이라고. 그럼에도 고

비마다 엄마가 잘 견디길 빌었다. 엄마가 좋아하시는 감이 주홍빛으로 익어갈 가을까지. 하얀 눈이 내리는 겨울까지. 그냥 곁에 계시기만 하면 좋겠다. 그러나 엄마는 땀이 비 오듯 줄줄 흐르는 한여름 훌훌 털고 가셨다.

상중이라 담당자 없이 성인 대상 힐링 캠프가 시작됐다. 2박 3일 일정으로 5회 진행이다. 처음 운영이라 걱정됐다. 팀원들은 분담해서 할 테니 걱정하지 말고 건강 챙기라며 위로했다. 2주 동안 진행된 캠프는 깔끔하게 끝났다. 남은 일은 참여자 만족도 조사 취합과 결과보고서 작성. 전혀 예상하지 못한 일이 발생했다. 캠프 운영업체에 입금하는 것이 문제가 됐다. 한 업체에 천만 원 이상 지출 시 추가 절차가 있다는 것을 간과했다. 뒤늦게 부족했던 증빙서류를 업체에 요청해 서둘러 제출했다. 지출 담당자들과 서너 번 통화했다. 번거롭지만 문제 되지 않을 것이라 해서 안심했다.

그것으로 해결됐다고 생각했다. 업무에 집중하고 있는 오후 시간. 동료에게 전화 왔다. 주저하며 고 팀장의 호출을 전했다. 동료의 어투에서 심상치 않은 분위기가 느껴졌다. 고 팀장과는 개별적으로 대면한 일 없었다. 캠프 관련이라니 무슨 일인지 몰라 걱정됐다. 심장이 마구 뛰기 시작했다.

사무실에 도착해 동료와 눈짓으로 가볍게 인사를 했다. 사무실엔 4개의 팀이 있다. A팀을 향해 걷는데 키보드 소리만 타닥타닥 들릴 뿐 조용했다. '평소에도 사무실이 이렇게 조용했나. 태풍 한 번 지나간 걸까.' 멀찍이서 고 팀장에게 인사하고 회의 테이블 의자를 조심스럽게 꺼내 앉았다. 고 팀장이 성큼성큼 다가왔다. 서류를 책상에 던지듯 놓았다. 분위기가 험악했다. 고개를 들어 고 팀장 얼굴을 봤다. 차가운 눈빛으로 쏘아본다. 나도 모르게 움츠러들었다.

행정 이야기. 정확하게 이해하긴 어려웠다. 요점은 문제 발생 시 책임 소재가 있으니 우리 팀에서 해결하라고 반려됐단다. 뭘 해야지. 머릿속이 하얘졌다.

"상담 업무만 해서 행정업무가 미숙했습니다. 다음에는 이런 일 없게 하겠습니다. 죄송합니다."

"죄송하다면 끝인가? 일을 이렇게 하면 어떻게! 모르면 물어보고 하던가. 그쪽 팀원들은 그런 얘기도 안 해주고 뭐 하는 사람들인 거야! 사전 답사 다녀왔어? 사업을 어떻게 진행할 건지 보고했어? 내가 뭘 알아야 설명하지! 이건 그냥 뭐. 결재만 올려놓으면 다 되는 줄 알아!"

나에게 하는 말인지. 우리 팀원들에게 하는 말인지. 모두에게 하는 경고 같기도 하고. 얼굴이 벌겋게 달아올랐다. 타 팀장에게 공개적으로 질책을 당하다니. 평소라면 눈물이 나왔을 텐데. 눈물도 안 나왔다. 처음 경험하는 일이었다. 쥐구멍이라도 있으면 숨고 싶었다. 그 자리에서 벗어나고 싶었다. 떨리는 목소리로 거듭 죄송하다고 했다.

하늘의 뜻을 알게 된다는 오십이 내년인데. 나잇값 못 한 사람이 된 것 같아 창피했다. 공개 질책한 고 팀장 행동은 이해가 안 됐다. 화가 났다. 분풀이 대상이 된 것 같았다. 캠프는 문제없이 끝났는데. 책임질 게 뭐가 있단 말인가.

어떻게 그 자리를 떠났는지 기억이 없다. 정신은 밑창이 다 떨어진 운동화 같았다. 자리로 돌아왔다. 그제야 숨이 쉬어졌다. 그 일에 대해 단한마디도 하지 않았다. 누군가 손가락으로 톡 건드리기만 해도 눈물이터질 것 같았다. 팀원들 역시 아무 말 없었다. 위로도, 질책도. 같은 공간에 함께 있었지만 완벽한 혼자였다. 불현듯 엄마가 생각났다. 서러웠다.

퇴근길 차에 앉자마자 참고 있던 눈물이 터져 펑펑 울었다. 각티슈를 차 바닥에 집어 던졌다. 몇 날 며칠 마음이 좋지 않았다.

하루에도 서너 번 결재가 났는지 마음 졸이며 확인했다. 일주일 후 마무리됐다고 동료가 알려줬다. 내 실수로 다른 사람이 질책받는 건 아닐까 염려했었다. 다행히 그런 일 없이 끝났다 하니 마음이 편안해졌다. 참여자 만족도 조사를 반영해 결과보고서를 작성했다. 무더운 여름. 음식 먹고 배탈 나거나 숙소에 문제가 있었다면. 야외 프로그램 참여 중 사고가 발생했다면. 대수롭지 않게 생각했던 일. 이번 행사를 끝내고 알았다. 준비하며 확인해야 할 게 많았다는 것을.

고 팀장은 자신의 역할을 했다. 표현 방식이 거칠었을 뿐. 내 존재를 질책한 게 아니었음을 안다. 일을 진행하는 과정에서 소홀했던 점에 대해 질책한 거다. 고 팀장 행동에서 선한 의도를 헤아려 본다.

상담사라고 행정업무를 꺼려 피했다. 작은 실수 정도는 괜찮다고 생각했다. 필요하다면 행정업무를 배워야 했다. 의심쩍은 일은 질문하고 확인해야 했다.

다양한 사람과 일하며 이해 안 되는 상황이 있다. 왜 저러지. 고개를 갸웃한다. 입장이 다르기에 그 사람의 의도를 짧은 시간에 파악하기 어렵다. 그 사람은 자신의 역할에 최선을 다하는 중이지 않을까. 그렇게 생각하면 이해된다.

복도를 지나며, 고 팀장과 편하게 인사할 수 있어 좋다.

7.
매끈한 문장보다 투박한 경험의 힘

쓰꾸미

"모든 것을 살아가라. 지금은 그 질문들을 살아가라."

라이너 마리아 릴케

인정받고 싶었다. 그것이 시작이었다. 대학을 졸업하고 사회라는 거대한 정글에 첫발을 내디딘 신입 사원에게 세상은 너무나 차갑고 높았다. 사무실 공기는 적막했고, 선배들의 눈빛은 나를 평가하는 카메라 렌즈 같았다. 언제든 쉽게 대체될 톱니바퀴처럼 느껴져 불안했다. 누군가 내 이름 불러주기를, 존재 가치를 확인해 주기를 갈망했다. 1936년에 세상에 나온 데일 카네기의 낡은 고전. 『인간관계론』을 지푸라기라도 잡는 심정으로 펼쳐 든 건, 바로 그 이유이었다. 신입 사원 필독서라서가 아니었다. 낯선 세상에서 사람의 마음을 얻어 살아남고 싶다는 절박함, 그 하나였다.

책은 놀라웠다. 초판이 나온 지 90년이 다 되어간다. 강산이 아홉 번

변하고, 손 편지가 이메일로, 다시 AI로 세상이 뒤집혔다. 하지만 여전히 서점 매대에 이 책은 산처럼 쌓여 있다. 기술은 눈부시게 발전했지만, 인간의 본성, 그 지독한 외로움과 인정 욕구는 100년 전이나 지금이나 변하지 않았다.

첫 장을 두근거림과 함께 넘겼다. 카네기는 세 가지 원칙을 제시한다. 비판하지 말라, 진심으로 인정하라, 열렬한 욕구를 불러일으켜라. 솔직히 허탈했다. 너무나 당연했고 뻔했다. 특별할 진리 없는, 건조한 메시지가 왜 수십 년 동안 전 세계를 사로잡았는지 이해할 수 없었다. 그럼에도 인생의 책을 단 한 권 꼽으라면, 주저 없이 『인간관계론』을 꼽는다. 활자 때문이 아니다. 그 문장들이 내 삶의 비루한 순간들과 충돌하며 만들어낸 발버둥 때문이다. 책 모서리를 접고, 형광펜으로 밑줄을 그어가며 여백에 감정을 토해내듯 적어 내려갔다. 관계가 꼬여 잠자리에 누워 이불을 찰 때마다, 왜 진심은 통하지 않는지 답을 찾기 위해 책입에 맨손으로 립글로스를 바르듯, 갈색으로 변할 때까지 계속 펼쳤다. 그리고 발견했다. 위대한 메시지가 사람을 바꾸지 않았다. 메시지를 온몸으로 통과해 낸 '경험'만이 사람을 바꾼다.

글쓰기 수업을 들으며 이 사실은 더욱 명확해졌다. 나만의 책을 쓰고 싶다는 열망으로 글을 발행하기 시작했다. 처음에는 멋진 문장을 쓰고 싶었다. 유명한 철학자처럼 통찰력 넘치는 문장으로 감탄하게 만들고 싶었다. 문장만 화려하면 독자들이 열광할 줄 알았다.

오만이었다. 독자들의 반응은 예상과 전혀 다른 지점에서 터졌다. 야심 차게 적은 철학적 통찰에는 침묵했다. 가장 사적이고 촌스러운 에피소드에 열광했다.

"책임님. 겨울철 아랫목에서 귤 한 박스 까먹었다는 이야기요. 그 시절이 그립더라고요. 저도 어릴 때 손끝이 노랗게 될 때까지 귤을 먹었거든요. 엄마가 누나 몰래 챙겨주던 반찬 이야기에서는 돌아가신 어머니가 생각났어요. 이번 주에 부모님과 같이 점심 식사라도 해야겠어요."

그들이 반응한 건 '철학'이 아니라 '결핍'과 '추억'이었다. 1남 6녀의 막내로 자라며 받았던 사랑, 찬 바람이 유리창을 때리던 겨울밤 이불 속 온기, 시큼하고 달콤한 귤 냄새, 자식 입에 뭐라도 더 넣어주려던 어머니의 거친 손. 사람의 마음을 움직이는 건 "비난하지 마라."라는 차가운 명령어가 아니라, 상처받았던 기억을 나누며 따뜻했던 시절을 함께 그리워하는 위로였다. 멋진 척하는 글은 벽을 세우지만, 솔직하고 약한 모습을 드러내는 글은 길을 낸다.

카네기의 책에서 밑줄 친 부분도 마찬가지였다. "비판하지 마라."라는 문장 자체가 아니라, 그 옆에 적힌 링컨의 처절한 실패담이 나를 멈춰 세웠다. 젊은 시절 링컨은 상대를 조롱하는 글을 즐겨 썼다. 그러다

제임스 쉴즈라는 사람의 분노를 사 결투 신청을 받는다. 미시시피강, 강가에 선 링컨의 손에는 펜 대신 묵직한 참호용 칼이 들려 있었다. 목을 겨누는 칼날의 서늘한 공포. 죽음의 문턱까지 갔던 그 끔찍한 경험 이후 링컨은 다시는 남을 비난하지 않았다. 그를 바꾼 건 교훈이 아니라, 생존을 위협받았던 결투 날의 전율이었다. 나 역시 내 입에서 나간 가시 돋친 말들이 부메랑이 되어 돌아와 나를 찌르고 나서야 비로소 첫 번째 원칙을 가슴으로 이해했다.

타인에게 열렬한 욕구를 불러일으키는 방법, 카네기는 '인정'이라고 했다. '이름 부르기'로 실천한다. 심리학의 칵테일파티 효과처럼, 귀가 찢어지는 듯한 소음 속에서도 사람은 자기 이름만큼은 귀신같이 듣는다. 뇌가 자신의 존재를 확인하는 소리에 본능적으로 반응하기 때문이다. 세상에서 가장 아름다운 음악은 자신의 이름이다.

식당이나 관공서에 가면 습관적으로 상대의 명찰을 찾는다. 대부분의 손님에게 직원은 그저 '음식을 가져다주는 사람'이다. "여기요", "사장님", 심지어 "이모." 호칭은 그들을 익명의 존재로 묶어버린다. 하지만 명찰을 보고 정확히 이름을 부르는 순간, 마법이 일어난다. "김민수 매니저님, 감사합니다." 그 순간 상대 눈빛이 달라진다. 기계적이던 눈동자에 생기가 돌고, 나는 '손님 45번'이 아닌 '내 이름을 불러준 사람'이 된다. 굳이 얼굴 붉히며 따지는 것보다, 상대가 스스로 나에게 잘해주고 싶게 만드는 것. 이것이 내가 체득한 인간관계의 핵심이다. 돈도 들지 않는다. 곁눈질 같은 '관심'이면 충분하다.

하지만 타인에게 관심을 기울이고, 실수를 인정하고, 기록하는 과정은 저절로 되지 않는다. 뇌는 지독하게 게으르다. 익숙한 것을 좋아하고 변화를 싫어한다. 가만히 두면 어제와 똑같은 오늘을 살게 된다. 그래서 매일 아침, 나를 깨우는 의식을 치른다. 바로 '왼손 양치질'이다.

오른손잡이다. 당연히 오른손이 더 편하고 빠르다. 하지만 잠이 덜 깬 몽롱한 상태에서 억지로 왼손에 칫솔을 쥔다. 칫솔질은 서툴기 짝이 없다. 잇몸을 찌르기도 하고, 입 옆으로 치약이 턱 밑으로 흐리기도 한다. 거울 속 모습이 우스꽝스럽다. 뇌는 "왜 사서 고생이야?"라며 불평을 쏟아낸다.

바로 그 불편함을 노렸다. 익숙하지 않은 손을 사용하는 행동은 뇌의 새로운 신경망을 자극한다. 고명환 작가는 "변화가 지속되는 것이 진정한 안정"이라고 했다. 생성형 AI가 등장하고 직업의 정의가 바뀌는 시대. 가장 위험한 도박은 '편안함에 안주하는 것'이다. 매일 하던 대로만 하면 뇌는 굳는다. 익숙함은 달콤하지만, 그 안에 성장은 없다. 아침마다 느끼는 잇몸의 미세한 통증은 나에게 보내는 경고다.

"깨어 있어라. 관성에 젖지 마라."

왼손 양치질은 방향성을 잃지 않으려는 훈련이다.

목표를 세우고, 실천하고, 기록한다. 기록은 흘러가는 시간을 붙잡아 역사를 만드는 작업이다. 거창한 성공담이 아니라, 실패와 찌질함을 더 꼼꼼히 기록한다. 어느 날 짜장면을 급하게 먹고 장염에 걸려 고생했다. 배를 움켜쥐고 평소 한 시간이면 끝낼 일을 세 시간 동안 끙끙대며 처리했다. 서러웠다. 하지만 그 순간에도 다이어리를 폈다. 왜 탈이 났는지, 컨디션이 바닥일 때 어떤 감정을 느꼈는지 적었다.

실패를 기록하면 데이터가 된다. 장염 사건은 '건강관리'와 '음식을 대하는 태도'를 가르쳐준 스승이 되었다. 기록하지 않았다면 '재수 없는 날'로 끝났을 일이, '나를 이해하는 단서'로 바뀌었다. 내 경험이 무엇을 남겼는지 집요하게 묻고 답하는 과정에서, 남의 철학이 아닌 나만의 철학을 갖게 되었다.

아름다운 사람이 되고 싶다. '아름답다'의 어원은 '알음', 즉 나를 아는 것에서 왔다는 설과, 두 팔 벌려 껴안는다는 '아름(포옹)'에서 왔다는 설이 있다. 두 가지 모두 맞다고 믿는다. 강점뿐만 아니라, 1남 6녀 막내의 어리광, 실수, 찌질함, 짜장면 한 그릇에 무너지는 나약함까지 모두 알고, 있는 그대로 끌어안는 것. 그것이 진짜 '나다움'이고, 진정한 아름다움이라 믿는다.

오늘도 나다움을 찾기 위해 칫솔을 왼손에 쥔다. 서툴고 불편하지만, 그 감각이 나를 살아 있게 한다.

8.
아침의 비움과 밤의 쉼

전길자

"일이 없을 때에는 휴식을 취하고, 배가 고프면 밥을 먹고, 잠이 오면 눈을 감는 것이 제일 좋다. 어리석은 사람은 이를 비웃겠지만, 지혜로운 자는 그 이치를 안다."

『임제록』에서

잠에 진심이다. 하루의 시작과 끝은 잠이다. 잠을 좋아하다 못해 사랑한다. 10대. 한창 공부할 시기에도 밤을 새워 본 기억이 없다. 고3 때 영숙이네 자취방에서 시험공부를 한다고 모였던 적이 있었다. 다들 공부한다고 밤샐 때 나만 한구석에서 잠을 잔 기억이 있다. 20대에 주경야독을 했다. 당시에도 잠이 많았다. 낮엔 일하고 밤엔 공부했다. 스스로 생각해도 기특하다. 저녁 6시에 등교하면 맨 앞자리는 내 자리였다. 처음에만 말똥말똥했지, 그 이후에는 기억이 없다. 잠이 최대 방해꾼이었다.

자기계발서에서 잠에 관련된 책을 찾았다. 뭔가 궁금하거나 답을 찾고 싶을 때 책을 제일 먼저 찾았다. 당시에만 해도 잠을 줄여야 성공한다는 책들이 난무했다. 오죽했으면 『4시간 자는 법』과 같은 책이 베스트셀러였을까. 지금 생각하면 나는 나를 몰랐다. 사람마다 잠자는 리듬이 다 다르다. 난 길게 자는 사람이다. 한마디로 잠이 많은 사람이다. 낮잠도 한번 자면 기본 3시간이다. 남들 밤잠 자는 수준이 나에게는 낮잠인 셈이다. 심지어 한번 자면 중간에 깨는 법이 없다. 그러니, 잠을 못 잔다고 하는 사람들 이야기를 들으면 이해기 인 될 때도 있었다. 그러다가 문득 20년 전이 생각났다.

내가 일생에 단 한 번 잠들지 못하던 시기가 있었다. 30대에 사기를 맞아 돈 때문에 죽고 싶었을 때다. 돈이 뭐라고 생명까지 위협하는가 싶지만, 그때는 그랬다. 해결되지 않는 문제를 안고 사니 잠이 올 리가 없었다. 날마다 지옥이었다. 사람을 찰떡같이 믿은 대가가 사기라니. 현실을 인정하고 싶지 않았다. 너무 억울했다. 돈 갚으라고 독촉하는 핸드폰 벨이 울리면 가슴이 벌렁거렸다. '이렇게 살아서 뭐 하나.'하는 생각이 떠나질 않았다. 나만 사라지면 모든 게 끝날 것 같았다. 이불을 펴고 누우면 만져보지도 못한 돈을 갚아야 할 생각에 잠이 오지 않았다. 돈을 갚기 위해 밤낮없이 일했다. 삶의 모든 중심이 돈이었다. 건강을 생각한다는 것은 사치였다. 밤에 자보는 게 소원이었다. 그렇게 꼬박 3년을 보냈다.

지금은 낮에 일하고 밤에 잔다. 밤에 잘 수 있다는 것이 얼마나 행복한 것인지. 체질적으로 아침이면 에너지가 샘솟는 사람인데, 밤에 일했으니 내 몸이 얼마나 힘들었을까? 몸은 정직하다. 그렇게 몇 년을 혹사하면서 일을 하다 보니 결국 탈이 났다. 소화를 못 시켜 설사했다. 일주일간 시체처럼 누워 있었다. 돈이 다 뭔가 싶었다. 죽고 싶어서 죽으려고 안 해도 이러다 죽을 것 같았다. 태어나서 처음으로 한약을 먹었다. 그 힘든 시간이 지나고 나니, 건강만큼 중요한 것은 없다는 걸 깨달았다. 건강의 가장 중심에는 잠이 있다. 잠을 잘 자고 난 아침은 세상이 내 것 같다. 아침 햇살이 얼마나 찬란한지. 시원하게 불어오는 바람은 또 얼마나 감미롭던지. 태양의 에너지가 몸속으로 들어오는 것 같다.

하루 8시간 잠을 자고 나면, 아침이 감사하다. 다시 얻은 생명. 어찌 감사하지 않을 수 있을까?

"아! 잘 잤다."라는 말과 함께 시작된 아침. 잠자는 시간과 깨어 있는 시간 사이에서 나만의 리듬을 찾는다. 창문을 열어 바깥 풍경을 본다. 매일 보는 새벽하늘인데도 좋다. 사진을 찍는다. 어제 읽은 책이나 좋은 풍경을 SNS에 올린다. 아침 루틴이다. 미지근한 물 한 잔을 마시고, 세수를 한다. 간밤에 묻은 잠을 씻는다. 책을 읽다 보면 똥이 마렵다. 일어난 지 1시간이 지나면 신호가 온다. 생체리듬이 기막히다. 시간을 알려주지 않아도 저절로 알아서 내장들이 일한다. 건강한 내 몸에 감사하다.

아침의 비움은 중요하다. 똥을 잘 누어야 속이 편하다. 속이 편해야 마음이 편하다. 마음이 편해야 모든 일이 술술 풀린다. 똥을 누지 못한 하루는 온종일 불편하다. 예전에 심한 변비로 고생한 적이 있었다. 모든 것은 인풋이 있으면 아웃풋이 있어야 한다. 그게 자연스러운 거다. 잘 먹는 것만큼 잘 싸는 것도 중요하다. 사람마다 생체리듬이 다르다. 잠 잘 자고, 아침에 배변을 잘 하려면 어떻게 해야 할까? 내가 하고 있는 방법을 공유해 보려고 한다.

첫째, 잠자는 시간과 일어나는 시간을 정하고 지킨다. 특별한 일이 없는 이상 9시에 자고, 5시에 일어난다. 지인들에게 5시에 일어난다고 하면, 대단하다고 한다. 그런데, 9시에 잔다고 하면 그 시간에 어떻게 잠을 자느냐고 한다. 그게 가능한 일이냐면서. 매주 목요일은 자이언트 북 컨설팅에서 하는 문장 수업이 있는 날이다. 밤 9시부터 10시까지 1시간 동안 한다. 이날은 일찍 퇴근해서 미리 잠을 보충해 둔다. 나만의 리듬에 맞게 잠 시간을 조절하는 것이다. 아이들이 한창 자라나는 나이의 주부들에게는 계획대로 자고 일어나는 것이 어려울 수 있다. 밤에 일하고 낮에 일하는 사람에게도 쉽지는 않을 것이다. 어떤 사람은 12시에 자고 6시에 일어나는 것이 맞을 수도 있다. 잠에 정답은 없다. 본인에게 맞는 수면시간을 알고, 그 시간을 확보하는 것이 중요하다.

둘째, 변비일 때 하는 방법이 있다. 양손을 비벼서 따뜻하게 한 후, 배꼽을 중심으로 시계 방향으로 돌려보라. 이 방법은 내가 해보고 효과를 본 방법이다. 나뿐만 아니라 변비였던 우리 큰언니도 효과를 보았다. 별거 아닌데도 효과가 있다. 아침에 눈을 떠서 양손을 비벼서 따뜻하게 한다. 제일 먼저 눈에 갖다 대면 눈의 피로가 풀린다. 그리고 배에 갖다 대고 문질러주면 도움이 될 것이다. 변비인 사람은 한번 해보길.

셋째, 나 스스로에게 긍정과 감사의 언어를 자주 해준다. 아침에 일어나자마자 제일 먼저 하는 한마디. '아! 좋다.' 그리고, 기지개를 펴면서 하는 한마디. '아! 잘 잤다.' 단순한 이 말들이 잠과 똥 누는 것과 무슨 상관이 있을까. 잠에서 깨어났을 때, 잘 잤다는 말 한마디는 몸에 에너지를 준다. 지난밤의 피로가 다 사라진다. 똥을 눌 때는 배설하는 상쾌함이 있다. '똥을 잘 눌 수 있어서 감사합니다.'라고 말한다. '좋다'와 '감사하다'라는 말을 하면 기분이 좋아진다. 기분이 좋아야 하루가 즐겁다.

하루의 건강은 화장실에서 시작해서 잠자리에서 끝난다.
"잘 비우고, 잘 잔 하루라면 이미 잘 산 것이다."
내가 전하고 싶은 말이다.

마치는 글

강명경

글을 쓴다는 건 늘 나를 다시 들여다보는 일이었습니다. 나도 모르게 외면해 온 행동도 있고, 굳이 꺼내고 싶지 않았던 기억도 있어요. 그렇지만 글은 나를 몰아붙이기보다는 다시 돌아볼 용기를 주었습니다. 책을 읽다 보면 좋다고 느낀 문장에 밑줄을 그었고, 어느새 한 페이지의 절반이 색으로 채워지기도 했죠. 제목이 눈에 밟혀 책을 펼치면, 내 이야기와 비슷한 삶의 문장을 만나기도 합니다. 아무에게도 말하지 못했던 마음은 '나만 이런 게 아니었구나.' 조용히 위로받기도 했고요. 그렇게 글을 읽고 덮는 순간마다 내 안에 남아 있던 감정들이 조금씩 이해되고 정리됩니다. 직접 겪지 않으면 아무도 모를 것만 같던 마음이 문장 속에서 조용히 자리를 찾는 느낌이랄까요. 누군가의 삶을 빌려 나의 마음을 이해하게 되는 경험은 생각보다 큰 힘이 되었습니다. 문장 속에서 길을 찾아갔듯이 이 글이 언제, 누구에게, 어떤 순간에 닿을지는 알 수는 없습니다. 다만 작게나마 곁에 있는 마음으로 머물고 싶습니다. 지금의 속도는 괜찮은지, 방향은 잃지 않았는지, 스스로 한 번쯤 물어볼 수 있는 기회가 되었으면 좋겠습니다.

강혜진

나이 들수록 기억에 남는 풍경, 잊을 수 없는 노래, 뇌리에 박힌 영화의 한 장면, 인생을 바꾼 글귀가 하나씩 늘어간다. 완벽하고 싶었던 욕심이 오히려 선뜻 시작하지 못하게 하는 장애물이 될 때가 많았다. 글을 쓰며 나의 과거를 돌아보았다. 머뭇거리던 행동에 어떤 마음이 숨겨져 있었는지 돌보지 못하고 스스로 자책하고 비난하던 나를 응원하게 된 것은 책 속의 지혜가 담긴 말, 노래 속 깨달음을 주는 가사 덕분이었다. 내가 사는 방법이 옳고 내가 가는 길이 맞다고 생각했었다. 옳다는 생각이 큰 만큼 내 생각과 맞지 않으면 속으로 눈살 찌푸리고 손가락질했다. 눈살 찌푸림과 손가락질이 결국 나를 향할 때가 많았다. 이렇게 살아야지, 왜 그렇게 하지 못했어? 후회하고 반성하며 잠자리에 드는 날이 많았다. 그런 날이 쌓이다 보니 아무런 시도도, 노력도 하지 않은 채 그저 하루하루 살기 바빴다. 이제 죽음을 생각할 나이가 되니 그리 살았던 과거가 후회된다. 죽는 날 후회 없이 즐겁게 눈감을 수 있도록 나부터 나를 쓰다듬고 응원하는 사람이 되려 한다. 나를 바뀌게 한 귀한 경험을 이 글 속에 담았다.

고지원

마음에 남은 문장 한 구절을 떠올리는 것은 쉽지 않았습니다. 책을 읽고도 흘려보내 버린 탓이었겠죠. 느낀 것을 실천하는 일은 그보다 더 어려웠습니다. 그런 의미에서 이번 책을 쓰는 과정은 힘들었지만 무척 흥미로웠습니다. 문장과 나를 연결하며, 과거를 통해 현재의 나를 돌아보고 미래의 나를 그려볼 수 있었기 때문입니다. 무궁무진한 가능성을 안은 40대의 나를 더 아끼고 사랑해 주자고 다짐하게 되었습니다. 최근에는 딸이 쓰던 독서실 책상을 서재로 옮겼습니다. 20년 만에 생긴 나만의 책상입니다. 미래의 나, '꾸준고'와 만날 소중한 공간을 스스로에게 선물한 셈이죠.

인생의 주인공은 언제나 '나'라는 사실을 잊지 않았으면 합니다. 지친 일상 속에서 오늘의 희망은 다른 누군가가 아니라 바로 '나 자신'이니까요. 그러니 애쓰며 살아온 나에게 가끔 좋은 선물과 따뜻한 포옹을 건네주세요. 제 인생의 달리기는 아직도 현재 진행형입니다. 이 책을 읽는 모든 분들의 아름다운 인생 경기 또한 진심으로 응원합니다. 제 평생의 달리기 에너지원인 천안 그리고 서울 응원단에게 사랑을 전합니다.

김진하

아침마다 10분간 책을 봅니다. 일찍 집을 나서면 업무 시작 전 20분 정도 시간이 납니다. 조용한 상담실에 들어가 책 몇 장을 읽습니다. 시간이 금방 흐릅니다. 어떤 날은 일찍 도착해 좀 더 보고, 차가 막히면 한 두 장밖에 못 읽을 때도 있습니다. 그래도 루틴으로 지킵니다. 따뜻한 허브차 한잔을 타서 함께합니다. 어지간히 어려운 책도 술술 넘어가게 집중력도 좋습니다. 한번 읽고 지나가기 아까운 좋은 글귀를 발견할 때가 있습니다. 그러면 사진을 찍고 밑줄을 그어둡니다. 틈날 때 모은 글을 다시 한번 쭉 훑어봅니다. 마음에 새겨지도록. 그렇게 마음을 울리던 문장이 이번 책에 담겼습니다. 공저는 4편을 쓰는데 처음부터 10편이 넘는 짧은 글이 나왔습니다. 어떤 날은 남편, 다른 날은 두 아들, 결국은 나에게. 들려주고 싶은 말들이 경합하는 것 같습니다.

무난하지만은 않았던 치열한 시간. 그 속으로 다시 들어가 봅니다. 놓치고 있던 반짝이는 순간이 눈에 들어옵니다. 그리고 지금 스스로 다시 써 내려가는 이 이야기가 참 좋습니다.

김하세한

이 책을 덮으며 다시 문장 앞으로 돌아온다. 밑줄을 긋던 손끝, 멈춰 섰던 마음, 선택을 미루지 않으려 애쓰던 순간들이 차례로 떠오른다. 문장은 삶보다 앞서 있었고, 삶은 문장보다 느렸다. 그렇기에 문장을 따라 걷기보다, 문장 앞에 멈추어 서는 법을 배웠다. 책 속에서 답을 찾으려 했지만, 결국 답은 언제나 일상에서 만들어졌다. 아이를 키우는 자리에서, 관계 앞에서, 감정을 다루는 순간마다 밑줄은 선택의 흔적으로 남았다.

잘 쓰는 사람이 되지는 못했지만, 쓰면서 나를 만들어왔다. 깊이 읽는 사람도 아직 아니지만, 읽으며 조금씩 달라졌다. 부족함을 아는 만큼 채우려 했고, 서툰 만큼 오래 머물렀다.

이 글들이 누군가에게 정답이 되기를 바라지는 않는다. 다만 질문 하나쯤 남길 수 있다면 충분하다. 그 질문 앞에서 각자의 삶이 답을 만들어가기를 바란다.

오늘도 밑줄을 긋는다. 살아가기 위해서가 아니다. 누구의 무엇도 아닌 '나'로서, 끝내 사라지지 않기 위해서다.

서림승희

학창 시절 일기 쓰기는 일주일을 넘기지 못했다. 시작은 호기롭게 하지만 중도 포기하는 일이 많았다. 책 출간까지 오랜 시간이 필요했다면 포기했을지 모른다. 이현주 코치의 피드백과 적당한 쪼임. 오늘 쓴 글, 분명히 더 나은 글이 된다는 격려가 힘이 됐다. 말도 안 되는 초고를 기일에 맞춰 제출하고, 수정하고 또 수정하고. 공저 작가들과 함께하는 글쓰기는 든든했다. 첫 번째 책을 출간했다. 익지 않은 땡감을 깨문 것 같았다. 여러 말 안 하고 조용히 가족에게만 주었다. 현미가 책을 사서 사인해 달라고 했다. 민망했지만 첫 사인을 했다. 저자 서명을 할 기회를 만들어줘 고마웠다. 부끄러움을 살짝 제쳐주고 두 번째 책을 준비했다. 제일 쉬운 게 에세이라 생각했는데 착각이었다. 경험이 글감이 되고, 경험을 통해 나를 보는 것은 용기가 필요했다. 편협하고 이기적인 나와 마주하기. 못마땅한 내 모습을 외면하느라 글감 선정이 쉽지 않았다. 용기는 한순간에 생기지 않는다. 다독이고 격려하며 나를 응원할 것이다. 글을 쓸수록 담백한 나를 만날 수 있으리라 기대하며 글을 썼다.

쓰꾸미

스마트 워치의 홀로그램이 명멸하다 꺼졌다. 2025년의 밤은 소음이 없다. 알고리즘이 추천하는 '완벽한 하루'의 알림을 지우자, 비로소 서재에는 사물의 기척이 들어찼다. 테이블 위에는 낡은 배구공 하나와 빨간 펜이 놓여 있다. 하나는 딸이 허공에서 붙잡으려 애썼던 중력의 무게이고, 하나는 내가 내 삶의 군더더기를 도려내던 날 선 칼날이다.

지난 시간, 부지런히 내 인생을 편집했다. 복종만 요구하던 매뉴얼을 삭제하고, 타인의 시선이라는 비문을 교정했다. 아들의 정직을 위해 비참함을 선택했던 그날의 공기는 유독 차고 투명했다. 진실은 아팠으나 자유로웠다. 삶은 뼈대만 남았을 때 비로소 단단해진다는 것을, 문장을 깎으며 배웠다.

내일 아침, 다시 왼손으로 칫솔을 쥘 것이다. 서툰 감각이 주는 생소함이 살아 있음을 증명할 것이다. 그리고 아들의 손을 잡고 경찰서로 향하는 그 무거운 첫걸음 또한, 직접 고쳐 쓴 생의 첫 문장이 될 것이다.

책을 덮는다. 그러나 펜을 내려놓지는 않는다. 내 인생의 편집실은 이제야 불이 켜졌다. 여백은 넓고, 써야 할 진심은 아직 많이 고여 있다.

전길자

2024년, 1년간 책 120권을 읽었다. 내 평생에 처음이다. 이렇게 책을 많이 읽기는. 책을 읽다 보니, 나도 쓰고 싶어졌다. 남의 생각만 들어볼 것이 아니라, 내 생각도 쓰고 싶었다. 아니, 내 인생을 기록으로 남기고 싶었다. 그렇게 첫 에세이 공저에 도전했다. 평소에 쓰고 싶은 말을 분수처럼 쏟아낼 줄 알았다. 막상 백지 위에 뭔가를 쓸려고 하니, 뭘 어떻게 써야 할지 모르겠다. 그동안 읽은 책 중에서 인생에 도움이 되는 문장을 생각해 보았다. 열다섯 살 때가 생각났고, 현재의 내 모습을 바라보게 되었다. 글을 쓴다는 건 나와 마주하는 일이라는 사실을 경험한다. 쓰는 내내 어쩜 이리도 글을 못 쓸까 자책도 했다. 그래도 상관없다. 이제 첫발을 떼었고, 앞으로는 좋아질 일밖에는 없으니….